Chambre
4154

Philippe Bédard

Chambre 4154

libre expression

Avertissement

Les faits racontés dans ce livre étonneront peut-être le lecteur et je veux lui dire, avant qu'il n'entreprenne sa lecture, qu'ils sont véridiques dans leur presque totalité.

Bien sûr, les assemblages, les lieux, les institutions ne doivent pas être pris dans le même sens. Ils sont choisis pour soutenir la narration tout simplement. S'ils évoquent des réminiscences, c'est pour intéresser davantage et permettre de suivre, plus aisément, les déplacements dans l'espace.

Comme vous, j'ai été bouleversé, il y a quelques années, par la vague de suicides qui s'est mise à déferler sur notre cité. Même si toutes ces personnes m'étaient inconnues, leur fin tragique, laissant supposer tant d'épreuves à porter, tant de solitude impossible à combler, tant de refus d'amitié ou d'amour à partager, ne pouvait faire autrement que de m'émouvoir.

Loin de servir de leçon, ces drames n'ont pas réussi à placer du même côté les penseurs de notre société. Pendant que les uns cherchent et améliorent les thérapies cliniques, d'autres continuent de ne voir dans la drogue qu'un phénomène ou, pire encore, une expérience.

C'est autour de ce malaise que j'ai voulu écrire cette histoire. Lucie n'existe pas. En des circonstances bien diverses, l'occasion m'a été donnée de recueillir des récits pénibles de la part de jeunes pour qui j'aurais voulu avoir le pouvoir d'effacer de leur vie toute une tranche gâtée.

De toutes ces révélations, j'ai fait Lucie. Vous trouverez accablant que j'aie placé autant d'aventures sur le dos de la même personne. Peut-être. Mais si vous divisiez en autant de parties que vous voulez ce funeste destin, vous ne vous consoleriez pas de vous l'entendre raconter par quelque jeune qui ne voit plus le soleil, qui ne s'émeut plus devant tout ce qui vit, qui a perdu la force de suivre son sentier ...

Mon but n'a pas été de vous émouvoir. À côté des personnages sympathiques, j'ai voulu vous en présenter d'autres dont l'âme cadre mal avec la profession qu'ils ont choisie.

Les faits qui les illustrent sont vrais mais ne visent pas les professions mal servies dans ce roman. Cependant, ils démontrent les catastrophes qu'entraînent ceux qui n'ont pas compris pourquoi chaque matin les fait renaître, pourquoi ils doivent partager la terre, pourquoi l'harmonie des êtres et des choses dépend de leur propre petite mission qu'ils ont à accomplir.

Je souhaite que vous vous découvriez un peu dans Bob, Anne, Pérignac, Lartigue ... et, qu'ainsi, vous augmentiez en vous la conviction que, par votre attitude, sinon par votre travail, vous puissiez un jour faire un peu comme eux. C'est peut-être fait déjà.

D'une façon générale, je voudrais par ce livre rendre hommage à tous ceux qui travaillent positivement auprès des jeunes dont la vie est menacée par ce fléau. Je pense particulièrement à ces personnes, spécialistes de toutes sortes, dont j'ai admiré le travail assidu, les interventions délicates, le temps non calculé... pour aller chercher, dans les fanges parfois, des fleurs flétries qui, ramenées au soleil, ont repris leur beauté.

PREMIÈRE PARTIE

Chambre 4154

Chapitre I

Assise presque à l'arrière de l'autobus, Anne ne se rend pas compte que ses longs cheveux n'ont pas été replacés, qu'un vieux chandail de laine et des sandales qu'elle ne chausse qu'à la maison lui donnent un air étrange.

À cette heure tardive où les couche-tard quittent les clubs, la tête remplie des bruits ahurissants des musiques électroniques, trois garçons, à part Anne, composent le faible convoi de ce véhicule.

Malgré leurs rires forts et exagérés, malgré le genre de leur conversation tentant d'augmenter leurs chances de capturer une compagne inattendue, elle ferme les yeux en pressant les paupières, mord le bout de ses doigts et balance sa jambe gauche croisée sur l'autre jambe.

Parfois, elle ouvre les yeux et semble chercher nerveusement, dehors, un point de repère. Lorsqu'elle approche ainsi son visage de la vitre entrouverte, le vent s'empare de ses cheveux et sa main réussit mal à les replacer.

La lumière des réverbères éclaire faiblement le feuillage tendre de ce début de mois de mai. Dans le calme sombre, le bruit du lourd véhicule viole le silence amoureux de la nuit. De temps en temps, des phares puissants surgissent et font bouger les ombres qui courent rapidement et se cachent à nouveau dans la noirceur.

Lorsque l'autobus s'arrête pour laisser descendre les trois garçons, elle sursaute bêtement en s'entendant interpeller:

«Allo, chérie! Tu ne viens pas avec nous?»

Ces paroles, et l'air frais qui pénètre par la portière, lui glissent un frisson dans le dos. Elle croise sur elle son chandail en le forçant de toutes parts et s'évertue à reconnaître l'endroit exact où s'est arrêté l'autobus.

Elle éprouve de la difficulté à maîtriser sa nervosité, sa respiration et son cœur qui palpite durement dans ses côtes.

Réveillée en pleine nuit par une voix inconnue qui lui demande de venir d'urgence à l'hôpital, elle s'efforce de vivre malgré l'étrangeté de la nuit qu'elle ne connaît pas.

Soudain, la pensée qu'elle est seule à cette heure, que personne ne sait où elle se trouve, l'effraie. Sa jambe s'agite davantage. Le froid de la nuit fait mal à son corps inaccoutumé à son contact. Le silence, dehors, se remplit de mystère, presque d'épouvante.

Au croisement de la route du Vallon et du chemin Sainte-Foy, elle aperçoit la silhouette de son collège et se frappe le front contre la vitre, dans un mouvement mal calculé pour ajuster son champ de vision.

Devant la sortie ouest de cet établissement, elle reconnaît Lucie qui, de loin, lui envoie la main. Blue jeans et gilet marron habillent cette fille aux yeux bruns, élancée, souriante simulant des allures de mannequin.

Bob lui tient la main. Anne sourit à la pensée qu'il habite aussi son cœur. C'est ainsi depuis leur rencontre, l'automne dernier.

Cette salutation, tout aussi légère que les grands sourires et les pas sautants qui l'accompagnent, révèle l'amitié de la fille, mais ne retient pas le temps.

Déjà, Lucie et Bob se dirigent vers le terrain de stationnement. Le monde, pour eux, est vaste et simple. Le temps n'éprouve aucune contrainte, aucun sectionnement. Il se déroule paisiblement, comme le ruisseau furetant les senteurs humides des sous-bois. Il suit son cours et, sans la moindre difficulté, contourne les obstacles sur son chemin.

Anne conserve des centaines d'images toutes différentes de Lucie. Cette sortie du collège, cette entrée dans la liberté de 16 h, cette main et ce sourire qui prodiguent l'amitié... c'est le dernier souvenir qu'elle a recueilli de son amie.

«Que lui est-il arrivé, ce soir?» s'interroge Anne.

Ses doigts deviennent sensibles à force d'être mordus sans arrêt. Comme le givre en s'agrippant à la branche pâlit la teinte de son écorce, l'énervement suinte à son visage et blanchit sa chair. Tout son être bouge sous l'emprise de la crainte.

Sur un lit d'hôpital, cette voix qui l'appelle, sans même puiser dans la conscience de la réalité, prouve que dans un coeur, si faible soit-elle peut-être, la vie couve encore. Cela la rassure un peu.

«Pauvre Lucie, pense Anne. Comment a-t-elle pu se laisser prendre? Bob n'était sûrement pas avec elle, ce soir. Depuis quand a-t-elle recommencé ...? Ça ne peut être autre chose ...»

— Ici, garde Bellefeuille de l'hôpital Laval, avait dit la voix au téléphone.

Après une harassante journée remplie de six heures de cours, au moment où les examens de fin d'année approchent,

Anne s'était couchée de bonne heure. Tirée aussi brusquement du sommeil, à 23 h, elle n'avait presque pas réagi à ce message, pourtant chargé d'inconnu.

— Je vous appelle du secteur de l'urgence, avait poursuivi la voix. Une jeune fille du nom de Lucie Lambert nous a été amenée ce soir. Elle vous réclame, mademoiselle.

— Oui, merci... j'y vais tout de suite...

Sur cette réponse donnée machinalement, la garde avait coupé la communication.

Retenant d'une main le déshabillé qu'elle n'avait pas eu le temps de refermer sur elle, elle porta la main à son front. La sueur tiède qui l'inondait la réveilla tout à fait. Et depuis ce moment, son inquiétude augmenta et bouscula dans sa tête les pires hypothèses.

Avec des réponses bizarres, les questions se multiplient dans son esprit, à mesure qu'elle pense à cette longue vie parcourue avec si peu de chance, en aussi peu de temps.

Tranquillement, une sorte d'indignation sourd dans son cœur. Elle fustige cette société qui sème l'indépendance, la liberté et l'amour et dont la moisson étale l'insouciance, le désœuvrement, l'écœurement; le suicide, parfois...

Soudain, tout le corps d'Anne redevient calme. Un sourire s'épanouit sur son visage et chasse les plis qui se creusaient sur son front. Elle se rappelle que Lucie lui a parlé d'un concert auquel elle doit participer, au début de juin.

«C'est bien elle, pense Anne, toute réjouie maintenant. Elle s'est mise à répéter, à répéter jusqu'à s'épuiser ... Perfectionniste comme elle est ... Elle s'est fait des idées ...»

Malheureusement, cette accalmie ne dure pas longtemps. Reprenant le dessus, son intuition brode, avec une quasi-certitude qui la terrifie, les plus sombres diagnostics.

«S'il fallait qu'elle ait tenté une autre fois... C'est bien possible ...»

Chapitre II

À vingt-deux ans (on lui en donnerait dix-sept ou dix-huit), Lucie a traversé un destin semblable à ceux que tissent méchamment les fées dans les contes fantasmagoriques.

Perdue dans la grande forêt noire du monde, elle a vainement cherché à rejoindre la chaumière où elle n'eût exigé qu'une toute petite place près du feu qui rechauffe le corps, pendant que le cœur, en secret, continue de grelotter de froid et de solitude.

À d'autres moments, ce furent les mirages qui fascinent et provoquent une sorte d'hypnose, insufflant au corps des forces soudaines et éphémères, qui précèdent le vertige devant la désillusion.

Partout sur son chemin, depuis cinq ans, s'étiolent ses rêves, se succèdent des mois de captivité. Des nourritures incantatoires la plongent dans de longs sommeils que des cauchemars s'acharnent à peupler d'images erratiques. Des personnes d'une grande beauté font semblant de l'aimer, puis la maltraitent et la brisent.

Cette connaissance d'un passé tumultueux, ayant frôlé, à maintes reprises, le seuil de l'au-delà, n'a cessé de rendre plus étroite l'amitié qui lie les deux filles.

C'est par Bob, un ami de collège, qu'Anne a fait intrusion dans cet obscur labyrinthe aux issues hermétiques ... Ce soir, elle frissonne encore en se rappelant le récit des cures fermées à l'hôpital Saint-Gabriel, des stages dans des foyers affiliés, de sa longue incursion dans le monde de la drogue, de ses tentatives de suicide ...

Dès qu'elle aura vu Lucie, dès qu'elle saura exactement dans quel état elle se trouve, Anne sait qu'elle devra rejoindre Bob. Comme un vent de tempête qui ne sait trop où il va, il accourra sans perdre un instant.

Chapitre III

Dans l'une des salles d'urgence de l'hôpital Laval, un long drap blanc recouvre le corps de Lucie. L'infirmière a installé les courroies de sécurité, au cas où elle s'agiterait. Il arrive parfois que des malades, mus par des forces soudaines, se débattent comme pour s'élancer dans une fuite aveugle.

Lorsqu'elle utilise ces larges lanières en cuir brun, garde Langis a la fâcheuse habitude de forcer, sans s'en rendre compte. Les médecins lui reprochent les plaques bleues qui marquent alors le corps des patients.

Inconsciemment bouleversée, à chaque entrée d'urgence grave, c'est comme si elle voulait, de cette façon, attacher à la terre ce reste de vie.

— Vite, dégagez un peu, ordonne le docteur Leblanc, en entrant dans la salle.

En disant cela, il sourit pour ne pas mettre mal à l'aise l'infirmière. Le ton de sa voix n'a d'ailleurs rien d'une brusque réprimande. Au contraire, et elle le sent bien.

— Je m'excuse, repond-elle. Elle était dans un tel état ...

— C'est entendu. Comment va sa pression?

— 105

Prenant le stéthoscope, il l'ajuste à ses oreilles, puis il promène le disque minuscule sur la poitrine de Lucie.

Pendant ce temps, garde Langis réinstalle l'appareil pour que le docteur vérifie la tension artérielle.

— Palpitations? dit-il, en saisissant le bras gauche.

— 130

— A-t-elle vomi?

— Non, docteur.

— Pas d'efforts, de haut-le-cœur?

— Non plus.

— Elle a consommé trop de drogue. Le malheur, c'est qu'on ne sait pas ce qu'elle a avalé. Faites-lui un lavement d'estomac et donnez-lui deux valiums 5mm. Continuez de surveiller la tension. Ne la quittez pas. Je retourne au 4223. Si cela ne va pas, appelez-moi tout de suite.

À la porte de la salle, au policier qui roule sa casquette dans ses mains et qui défait le nœud de sa cravate, il dit:

— C'est vous qui l'avez amenée?

— Oui, docteur.

— Attendez dans l'autre salle. Si vous avez des détails qui peuvent nous aider, vous me les donnerez tout à l'heure. Je reviens dans deux minutes.

Chapitre IV

La pitié et la frayeur accablent le sergent Rémi Bolduc. Son corps lui fait mal juste à la pensée des événements qu'il vient de vivre. Depuis quinze jours, une vague de suicides s'abat sur la Vieille Capitale. Les deux ponts, Pierre-Laporte et de Québec, sont devenus des tremplins mortels, témoins ultimes et muets des dernières minutes de confidences de personnes désespérées. À part deux adultes, les six autres chutes ont entraîné des moins-de-vingt-ans dans ce tourbillon fatal.

Huit fois, en aussi peu de temps, la police de Sainte-Foy a été appelée sur ces lieux tragiques pour constater le décès de personnes affreusement mutilées ou pour arracher au fleuve Saint-Laurent une autre victime.

Bien que costaud et possédant un sang-froid souvent mis à l'épreuve, le sergent Bolduc n'a pu maîtriser sa nervosité lors de l'appel à son auto-patrouille.

— «Voiture MR-2», attention! Tentative de suicide signalée — Pont de Québec, sortie nord — Un couple retient la jeune fille — Urgent!

19

— «Voiture MR-2», rogers.

Circulant sur le chemin Saint-Louis, en direction ouest, il échappe le microphone dans le fond de sa voiture. Il allume les phares rouges clignotants et exécute un virage audacieux en empruntant l'entrée d'un garage, à l'intersection de la route de l'Eglise.

— Centre appelle «Voiture MR-2». Si tout va bien, fermez votre micro.

— «Voiture MR-2», rogers, répond le sergent en tirant sur le fil pour replacer l'appareil.

Au poste central de la police de Sainte-Foy, la réceptionniste a deviné que la panique s'est emparée de son beau sergent. Cependant, les règlements lui interdisent toute conversation avec les agents et elle ne peut rien faire pour aider son ami.

Tout différent des appels devenus communs: voiture suspecte à tel endroit, début de bagarre dans une brasserie, musique trop forte à l'appartement ... un cas de suicide soulève tout le monde dans le quartier général.

En un rien de temps, les officiers de service, les agents à la pause-café, même le balayeur ... se rassemblent autour de la téléphoniste. Momentanément, tout le travail cesse à l'intérieur du poste.

La curiosité flaire et manifeste de l'impatience devant les autres messages qui ne cessent d'entrer et pour lesquels l'échelle d'importance devient toute détraquée.

Ainsi entourée et questionnée, Diane, la réceptionniste, devient nerveuse. Ce soir, elle s'inquiète pour Rémi et fixe devant elle le haut-parleur, comme si c'était un écran de télévision sur lequel elle pourra le suivre dans la mission qu'elle vient de lui confier.

— Diane, fait tout à coup Rémi. Vous avez bien dit qu'un couple retient la jeune fille ...? Elle n'a pas sauté ...?

Un soupir de soulagement emporte avec lui un peu de son inquiétude. Maintenant qu'il questionne, elle peut en profiter pour donner quelques détails qui calmeront un peu l'agitation de son ami.

Encore entourée des personnes intéressées à connaître une parcelle de cet autre drame, elle raconte en peu de mots que la fille, s'apprêtant à franchir le parapet, en a été empêchée par les occupants d'une voiture qui passait. Ces derniers, éprouvant de la difficulté à la maîtriser, ont demandé l'aide d'un autre automobiliste pour avertir la police.

Cela constitue bien peu pour apaiser la curiosité avide de détails sur le nom, l'âge, les circonstances... Que pourrait-elle ajouter d'ailleurs?

De pliés qu'ils étaient près d'elle pour ne pas perdre un mot, les corps se relèvent doucement. Les têtes font des gestes qui crient la consternation. Les regards se rencontrent et se répètent les mêmes douleurs.

Et, dans le silence autour de Diane, la sympathie que l'on ne soupçonne pas toujours derrière les uniformes commence à modifier les visages de ces hommes. Ils ont de la pitié pour cette fille qu'ils ne connaissent pas. Ils sont comme désemparés devant l'ennemi invisible qui s'attaque à d'aussi faibles victimes et maudissent les causes de cette sorte de tragédie.

Chapitre V

Ce triste épisode a débuté en fin d'après-midi, à l'*Auberge des rêves,* sur la rue Saint-Jean. Lucie n'y était pas venue depuis six mois et son entrée ne manqua pas alors d'attirer l'attention du barman et des serveurs.

Tous les habitués de l'endroit la connaissent grâce à la loquacité qui la caractérise et en fait une fille sans secret. Aujourd'hui, contrairement à ses habitudes, Lucie ne bavarde pas sur les motifs de sa longue absence.

«Peu importe, pensent-ils. Ce doit être comme les autres fois... Un voyage à Saint-Gabriel, un foyer affilié, quelques semaines de sobriété, puis...»

L'endroit où elle s'assoit signifie quand même, selon le protocole en usage, qu'elle vient pour s'approvisionner. Malheureusement, en plus de la rareté de la marchandise, sa petite bourse peu garnie entame mal la transaction.

— Inutile! Pas d'argent, pas de ciel bleu, conclut plaisam-

ment Armand, un des serveurs. Tu sais bien que c'est *cash*...
Ça n'a pas changé.

Pendant un moment la fille ne parle plus. Le jeune homme
remarque alors la détresse dans ses yeux cernés et s'étonne de
voir sa main tremblante qui tient péniblement la tasse de café.
Avec insistance, elle répète sa demande. Peine perdue, Armand ne veut absolument pas conclure un marché et lui
rappelle les conventions de la maison.

Tout à coup, elle devient menaçante. Fouillant dans son
sac à main, elle en sort un petit flacon de pilules, à moitié
vide.

— Je ne sortirai pas d'ici, mon vieux. Avant d'entrer, j'ai
déjà avalé la moitié de ce bocal de valiums. Je vais les prendre
toutes. Tu m'entends? Toutes. Après... vous vous arrangerez.

— Voyons, fais pas la folle. Attends une minute. Attends,
je vais voir.

La stupéfaction fige sur place le serveur, puis la crainte le
bouscule. Il recule de quelques pas et se dirige vers le bar.

Les deux mains de Lucie sont mouillées par le café qui
passe par-dessus le bord de sa tasse encore pleine. Accoudée à
la petite table ronde, elle guette du coin de l'œil Armand qui
discute non loin d'elle.

Là, la lueur des lampes de teinte orange qu'elle a toujours
détestée éclaire faiblement le visage d'un beau jeune homme.
Il est vêtu d'un chic complet dans lequel il dégage un air jeune,
gai, suffisant, mais non désagréable. Il sourit à Armand.

Quelques minutes plus tard, présentations faites, et selon
des arrangements sûrement à sa convenance, Lucie prend
place dans une reluisante Firebird décapotable rouge.

Michel, c'est le nom de ce galant jeune homme; un *pusher*,
pense Lucie demande en démarrant:

— Où va-t-on, Lucie?

— Au pont de Québec... C'est mon tour, je vais me suicider!

Armand, pour se débarrasser de Lucie qu'il considère comme une épave revenue à la surface, ne l'a certes pas mis en garde contre les tendances fougueuses et les idées morbides de cette fille. Prenant ces paroles pour une bonne blague, le jeune homme répond en riant bruyamment:

— Pas avant d'avoir pris un bon repas. Qu'est-ce que tu penses du *Cabriolet*? Les steaks y sont délicieux. Avec un petit rouge, ça met le cœur en fête.

À partir de cet instant, tout se passa de façon normale. Comme si elle eut changé d'idée.

Sa tenue négligée la gêne dans ce nouveau monde fait d'une voiture propre, d'un garçon élégant et d'apparence correcte, d'un restaurant huppé et peu achalandé, d'une musique qui dégage une douceur harmonieuse...

«Il n'a peut-être pas de *stock*, pense-t-elle. Mais c'est en plein le genre pour le motel. Le reste... je m'en charge.»

C'est la première fois que Lucie est amenée dans ce restaurant. Tout lui paraît merveilleux. En fait, son esprit s'occupe et se laisse accaparer par beaucoup de choses.

Assise près d'une fenêtre d'où elle peut regarder dehors, grâce à un auvent qui lui protège la vue contre le soleil baissant, elle parle peu et n'écoute pas davantage.

Son regard se promène dehors, puis revient fouiner à l'intérieur, en passant par les poutres du plafond charpenté de larges planches, s'arrête sur les peintures suspendues aux murs de plâtre blanc et s'attendrit devant les vieilles choses accrochées ici et là... Par-dessus tout, un vieux poêle à bois, probablement comme celui que décrivait son père en parlant de ses souvenirs d'enfance, la captive et la plonge dans une douce rêverie.

Agréablement, le temps s'écoule. Un martini sec, un potage chaud, un petit plat de fèves au lard, un pot-au-feu... Michel qui ne cesse de causer de Montréal, de son récent voyage à Toronto et de mille choses... peut-être plus; mais elle porte à peine attention.

Brusquement, quelqu'un allume les lumières et Michel remarque, pour la première fois, quelque chose d'étrange dans les yeux pers de sa compagne. Cela ne dure pas longtemps. Presque aussitôt, un rhéostat réduit l'éclat trop fort et rhabille tout de suite d'intimité les personnes mises à nu dans cet instant de lumière vive.

La serveuse, en longue robe champêtre et coiffée d'un petit bonnet grand-mère, remplit les tasses de café pour la deuxième fois. Poliment, Lucie s'excuse et se dirige vers la salle de toilette.

Quand elle revient, elle demande à Michel s'il veut bien aller faire un tour du côté de l'*Aquarium*.

— À vos désirs, mademoiselle, répond-il en souriant.

Il est loin d'imaginer que, durant sa courte absence, elle a avalé une autre quantité de valiums et que le plan qu'elle a projeté est en train de se réaliser.

— Merci, fait-elle en se levant pendant qu'il l'aide à déplacer sa chaise.

Rendus à l'*Aquarium*, ils marchent le long des sentiers, sous les immenses chênes. La noirceur a déjà envahi le soir, sans qu'ils ne s'en rendissent compte. Le feuillage encore délicat plaque, ici et là, des taches sombres, mais n'obstrue pas tout à fait la vue. Sans nuages pour cacher ses parures, le ciel commence à imposer, une à une, les pièces de sa collection rutilante et insaisissable.

Remarquant que Lucie paraît fatiguée, Michel la guide vers un banc, un peu à l'écart. Ses yeux fades, sans éclat, qu'il observe pour une deuxième fois, le retranchent dans un silence mêlé d'embarras. Doucement, il passe le bras autour du cou de Lucie et rapproche sa tête sur son épaule. Par-dessus le matériel rude de ses jeans bleus, sa main libre commence une caresse.

Lucie ne manifeste aucune réaction et son regard demeure attentif à quelque chose qu'elle s'efforce de distinguer, au loin, par delà la cime des arbres.

La main caressante, alors, se met à chercher. Elle se promène sur le ventre chaud et atteint doucement le bord des seins.

— Pas la peine, mon beau, fait Lucie, de façon tout à fait inattendue. Je te remercie pour ce souper et pour m'avoir conduite ici. Mon heure est venue... D'autres l'ont fait! Ça ne doit pas être si difficile. Je vais me jeter en bas du pont...

Pris d'épouvante, ne voulant pas être témoin d'un suicide, et redoutant par-dessus tout l'interrogatoire de la police, Michel court vers sa voiture et disparaît.

Demeurée seule, Lucie s'occupe à regarder le ciel. Elle cherche l'étoile qui l'accueillera et lui offrira une existence remplie de matins frais, de sentiers bordés de fleurs, de journées ensoleillées, d'êtres qui ne dévorent pas la chair humaine et de soirs paisibles qui chantent l'espoir des lendemains.

Une à une, avec difficulté, elle avale les valiums qui lui restent. Puis, lentement, elle s'engage sur le chemin redoutable pour lequel elle a amassé tellement de courage.

Dans son cœur bouleversé par son dessein et, d'autre part, apaisé par l'effet des pilules, une prière essaie de convaincre le Maître de sa vie qu'elle ne veut pas mal faire, mais qu'elle n'en peut plus...

Combien de temps dura cette méditation? Trouva-t-elle une étoile bienveillante parmi toutes celles à qui elle demanda refuge? Rebroussa-t-elle chemin en allant vers le pont?

L'homme et la femme déclarèrent au sergent Bolduc qu'ils avaient eu du mal à l'arracher au monstre d'acier auquel elle s'agrippait. Dans leur voiture, ils durent la tenir jusqu'à l'arrivée de l'auto-patrouille et lutter contre ses efforts pour ouvrir la portière et courir vers le but qu'elle s'était fixé.

Chapitre VI

Face à l'arrêt d'autobus, l'hôpital Laval domine le chemin Sainte-Foy. Pour y accéder, une pente longue mais légère impose quand même aux visiteurs une marche difficile.

Pressée d'arriver, Anne a accéléré le pas. Toute haletante, la gorge sèche, elle demande péniblement à l'officier de sécurité quelle direction elle doit prendre pour aller à l'urgence.

Lorsqu'elle ouvre la porte donnant accès à cette section de l'hôpital, elle s'arrête subitement. Sa poitrine se gonfle comme pour laisser échapper un cri que sa main, placée instinctivement devant la bouche, étouffe.

À une centaine de pas d'elle, entourée d'infirmières et de docteurs en uniformes verts, elle aperçoit une civière encombrée des équipements pour le sérum, le sang et quoi encore.

Un infirmier pousse avec précaution ce chariot qui glisse silencieusement, comme pour inviter au recueillement.

Avançant vers le poste de garde, avec une voix émue (et la main qui indique le cortège, sur lequel se referme la porte de l'ascenseur), elle demande:

— Qu'est-ce qui est arrivé à Lucie Lambert?

— Qui êtes-vous, mademoiselle? s'informe la garde.

— Anne Bélanger. Je suis une amie de Lucie. On m'a appelée pour me dire qu'elle me demandait. Que lui est-il arrivé? Est-ce grave?

Dans ces yeux apeurés et cette voix tremblante, garde Langis devine la frayeur qui torture la jeune fille au gilet vert. Elle se hâte de la rassurer.

— Ce n'est pas votre amie qu'on emporte là-bas. C'est un accidenté que l'on conduit au bloc opératoire.

— Mon Dieu, merci! fait Anne. Et Lucie?

— Ne vous inquiétez pas. Pour le moment, ça va. Elle a quitté l'urgence. On l'a transportée à la chambre 4154.

— Puis-je la voir?

— Je ne pense pas. Pas tout de suite. Vous pouvez monter sur l'étage et attendre que le docteur Leblanc vous y autorise.

— Merci, garde.

L'infirmière va poursuivre et raconter qu'à l'arrivée de Lucie, celle-ci, avec une bouche qui articulait mal, n'avait cessé de répéter le nom de son amie dont le numéro de téléphone, trouvé dans le sac à main de la patiente, avait permis de la rejoindre... Garde Langis aurait voulu aussi demander le numéro de téléphone des parents de Lucie... Mais Anne a déjà quitté les lieux et se dirige vers l'ascenseur.

Trop tard pour cette information. Garde Langis comprend cet affolement. D'ailleurs, cette nuit à l'urgence, plus achalandée que d'habitude, laissera peu de temps pour tenter de rejoindre qui que ce soit. D'autre part, c'est la coutume de ne pas réveiller les parents avant le matin, à moins que tout espoir ne soit vain.

Au quatrième, l'obscurité dort tout le long de l'immense couloir. Les portes des chambres sont closes et de faibles veilleuses filtrent une lueur blafarde au bas des murs, donnant l'apparence d'une longue piste d'atterrissage en pays inconnu.

Face à l'ascenseur, le poste de garde offre un peu plus de luminosité. Des odeurs de remèdes s'en échappent et créent une atmosphère qui agace les narines et provoque des sensations de malaise.

Anne se dirige vers cet endroit. Elle observe, plus loin, un va-et-vient animé entre le poste et une chambre proche dont elle ne distingue pas très bien le numéro.

Tout le monde est trop occupé pour lui répondre. On ne semble même pas remarquer sa présence.

Un docteur cause avec un policier. Une garde transporte un plateau de métal gris. Une autre cherche dans une armoire où sont rangés les médicaments, tandis qu'une troisième manifeste de l'impatience en apercevant la petite ampoule clignotante, indiquant que la chambre 4183 réclame de l'aide.

Elle reste là, debout contre le mur, dans l'obscurité, préférant même attendre et retarder l'instant où on lui apprendra le pire.

Sans qu'elle n'ait pu rien comprendre de la conversation entre le docteur et le policier, ce dernier met sa casquette et quitte les lieux. En même temps, dans une direction opposée, le docteur pousse une porte et disparaît de sa vue.

Chapitre VII

Dans ce petit local où quantité d'instruments bizarres sont rigoureusement rangés, le docteur Leblanc enlace la jolie garde Marie Després.

Les mains du docteur caressent doucement le dos et les épaules de la blonde infirmière. Ses lèvres courent tout le long des joues et du cou de cette femme qu'il tient dans ses bras.

Garde Després a vingt-deux ans. L'uniforme blanc qu'elle porte pâlit légèrement la blondeur de ses cheveux. Avec de tout petits plis de chaque côté, ses yeux, d'un bleu pâle, reflètent la beauté et le mystère.

Amoureusement, elle répond aux étreintes du docteur. Dans les cheveux du médecin, sa main passe et repasse, en pressant plus fort à la hauteur de la nuque.

Juste au début de la trentaine, le docteur Leblanc vit seul depuis trois ans. Ayant épousé une infirmière dès la fin de son cours de médecine, les choses ont mal tourné. Un beau matin, une lettre sur le coin de la table lui annonçait le départ de sa femme pour Toronto:

«Ne m'en veux pas, Louis. C'est mieux comme cela. J'aime quelqu'un d'autre et tu ne mérites pas que je te fasse de la peine. Je pars avec lui pour Toronto. Il a trouvé de l'ouvrage là-bas. Pardonne-moi. Sois heureux. Suzanne.»

Pendant quelques mois, il s'efforça de ne rien laisser paraître de la peine qui le terrassait. Lorsqu'on l'invitait avec sa femme, il improvisait des excuses déguisées. Pourtant, plus d'un s'inquiéta de la disparition de son sourire éternel et de son incomparable adresse à provoquer la taquinerie amicale.

Inconsciemment, pendant ce temps, son chagrin chercha des moyens pour meubler sa solitude. Moins pressé de quitter l'hôpital lorsque ses heures de service étaient terminées, il s'attardait au poste du quatrième. Il prenait le temps de se faire une tasse de café et révisait tranquillement les dossiers de ses patients.

Pour rendre service et pour l'attrait qui la guidait aussi, il arriva bientôt à la blonde infirmière d'offrir son aide, si toutefois elle pouvait être de quelque utilité.

Entre toutes, garde Després devint vite la plus jolie à ses yeux et la plus gentille. Le docteur Leblanc se demanda même pourquoi il n'avait pas remarqué avant ce jour ces beaux yeux bleus, cette chevelure relevée en arrière et dont un ruban bouclé ne retenait jamais toutes les mèches.

D'un jour à l'autre, ils développèrent un goût particulier pour le café. D'un soir à l'autre, ce furent les soupers, au restaurant d'abord, puis tantôt chez Marie, tantôt chez lui.

Retenue par les bras de Louis noués autour de sa taille, Marie joue avec les rebords ouverts de son uniforme. D'une voix douce et basse, elle s'informe:

— Qu'est-ce qui se passe maintenant? Tu ne seras pas en

forme pour partir demain?

C'est par accident que le docteur Leblanc travaille cette nuit. Un copain, retardé à Valleyfield par une défectuosité de sa voiture, l'a appelé vers les 22 h et lui a demandé de le remplacer.

En fait, en quittant l'hôpital ce soir, il devait passer à l'appartement de Marie et s'occuper des bagages.

Après s'être accordé quelques heures de sommeil, il pensait prendre Marie, à sa sortie de l'hôpital, à 8 h. Pendant qu'elle dormirait à ses côtés, il conduirait sans arrêter, croyant arriver tôt à Cape Cod, où ils avaient choisi de passer leurs deux semaines de vacances.

— Ce n'est pas grave, chérie, répond-il. Nous partirons dès que nous aurons récupéré un peu. De toute façon, cette jeune patiente nous tiendra éveillés toute la nuit.

— J'avais tellement hâte à demain matin. Je m'imaginais dormant et me réveillant tout à coup dans un autre monde, loin d'ici.

— Que veux-tu? On n'y peut rien, continue-t-il en l'embrassant.

— Es-tu certain que le docteur Chalifour sera ici demain et que nous pourrons partir sans nous inquiéter de son retour?

— Bien sûr! D'ailleurs, il me le dira lui-même... J'ai l'impression que c'est uniquement la belle soirée qui a causé cette panne de voiture...

On frappe derrière eux. De la main, le docteur replace rapidement ses cheveux et se dirige vers la porte.

— Docteur, il faut que vous veniez au 4154. La malade est très agitée. Nous ne savons que faire.

Traversant le poste de garde et poussant la petite porte battante, il distingue à peine le visage de la fille en jeans qui sort de l'obscurité et s'avance vers lui.

— Je suis une amie de Lucie Lambert. Elle m'a demandée. Je veux savoir comment elle va. C'est grave?

— Dans un moment, mademoiselle. Dans un moment. Soyez calme. Je vais au 4154 et je vous le dirai après...

Chambre 4154, c'est la chambre dont l'activité débordante n'a cessé de retenir l'attention d'Anne depuis son arrivée sur l'étage. Gardes et infirmiers entrent, sortent, se croisent. Leurs visages restent sérieux, préoccupés. Dans leurs mains, ils transportent des plateaux, des instruments. Une infirmière a entassé, dans un petit chariot près de la porte, des draps salis.

Pourquoi personne ne veut-il lui répondre? Une toute petite indication. Seulement un mouvement de la tête pour lui indiquer que tout se déroule normalement.

La grande horloge au-dessus de la porte, face au poste de garde, tourne son aiguille rouge. Anne y fixe son regard et soumet à son rythme régulier de longues respirations pour calmer sa nervosité.

Ce ne sera pas long maintenant. Le docteur va sortir de la chambre. Enfin, elle saura ce qui est arrivé à son amie. Enfin, on lui dira que tout va bien...

Chapitre VIII

Aidée d'une autre infirmière, Marie retient Lucie dont l'agitation se fait de plus en plus grande. De nouveau, le docteur Leblanc vérifie sa tension artérielle et son rythme cardiaque.

— Son cœur bat trop vite, dit-il, inscrivant lui-même le chiffre sur la fiche.

Avec des battements forts des jambes, Lucie a fait voler les draps blancs qui la recouvraient. Forçant les courroies qui la retiennent, elle multiplie les efforts comme pour se rouler sur son matelas.

— C'est un *bad trip*, ajoute le docteur. C'est mieux comme cela. L'énergie qu'elle va dépenser l'épuisera. Après, elle récupérera plus facilement et plus vite.

En réalité, Lucie est ballottée par les effets du phénomène de récurrence. Elle se roule dans la neige. Elle crie pour diminuer la douleur que lui cause le feu allumé volontairement à ses vêtements.

Cette affreuse aventure s'est produite trois ans auparavant, chez les Beaudry, où elle a été placée selon la formule des foyers affiliés à l'hôpital.

Un après-midi, avec des cris effroyables, elle sort de sa chambre, traverse la cuisine sous les yeux horrifiés de Madame Beaudry et se précipite dans la rue.

Torche vivante, elle court dans la neige, titube, retombe et se roule. Courant derrière elle, Madame Beaudry réussit à la rattraper et la recouvre d'un manteau qu'elle a saisi quelque part en s'élançant à sa poursuite.

Lucie se lamente sous l'effet de la douleur. Elle pleure amèrement. Madame Beaudry pleure aussi. Jamais de sa vie elle n'a vu autant de chagrin dans les yeux d'une enfant de cet âge.

— Je ne vous en veux pas, madame. Je ne voulais pas faire de dégâts. Je n'ai rien contre vous...

À travers les larmes qu'elle ne peut retenir, Madame Beaudry cherche les mots pour apaiser la peine profonde de sa pensionnaire.

— Il n'y a pas de dégâts. Ce n'est rien. Est-ce que je te fais mal? dit-elle en lui enlevant ses vêtements. Je vais aller tranquillement.

— Je ne voulais pas vous causer d'ennuis. J'ai mal calculé mon affaire... J'ai pas eu assez de courage...

— Voyons, mon enfant. Il ne faut pas faire des choses pareilles. Je vais te guérir. Tu verras. Ça ira mieux. Tu me diras ce qui te chagrine et je vais t'aider. Fais-moi confiance.

Madame Beaudry se sent responsable d'une telle tragédie. Elle se culpabilise pour n'avoir pas su s'y prendre avec cette malade.

Pourtant, le travailleur social qui la lui a amenée, il y a quatre jours, lui a donné l'impression d'un cas normal et facile.

Ne prenant pas le temps d'enlever son paletot, il a fait les présentations sans même dépasser le seuil de la porte.

Puis, demandant à Lucie d'aller à la cuisine, sous prétexte qu'il devait discuter des conditions pécuniaires avec Madame Beaudry, il a déclaré tout bas:

— C'est une fille intéressante. Mauvaise expérience... mais c'est terminé. Elle a une jolie voix. Vous pourrez la laisser aller chez Monsieur Lartigue, son professeur de chant. Elle aura tendance à se renfermer dans sa chambre durant de longues heures. Il ne faudra pas vous inquiéter. Elle va s'adapter rapidement. Pour nous, c'est une thérapie réussie.

Aussi rapidement données, ces indications ne tardèrent pas à s'entourer de mystère. À tout hasard, Madame Beaudry découvrit des cicatrices et trois ou quatre points de suture sur le bras gauche que le chemisier de la jeune fille ne dissimulait pas suffisamment.

Était-ce le destin qui s'acharnait sur cette malheureuse enfant? Était-ce ce travailleur social dont la conscience professionnelle faisait défaut à ce point qu'il traitait aussi lestement les personnes malades que les dossiers identifiés par des numéros et livrables à domicile, le moment venu?

L'intuition de Madame Beaudry ne la trompait pas du tout. Derrière cette réussite exemplaire d'une savante thérapie en milieu spécialisé, elle pressentait la douleur lancinante et menaçante d'une plaie mal cicatrisée. Au fond, elle ignorait tout, mais absolument tout, de cette patiente qu'on lui avait confiée.

Pour comble de malchance, les événements se précipitèrent si vite durant ces quatre jours que ni le temps ni la chance ne lui permit d'en savoir davantage.

Le lendemain de l'arrivée de Lucie, pendant qu'elle était sortie pour sa leçon de chant, Madame Beaudry répéta avec acharnement les appels à l'hôpital Saint-Gabriel. Elle voulait en savoir plus long sur sa pensionnaire.

Le psychiatre dont on lui avait donné le nom ne pouvait venir au téléphone. Il était en conférence. Le travailleur social jouissait, disait-on, d'un après-midi de congé.

Malgré son insistance pour parler à une garde-malade, à un infirmier, à un gardien, à n'importe quelle personne susceptible de lui donner quelques détails... impossible. Au fond d'une chemise close, le secret professionnel gardait avec précaution et sûreté le cas «Lucie Lambert, guérison parfaite».

— À moins que vous ne veniez à l'hôpital... Si vous vous identifiez...

— Mais je n'ai pas le temps. Elle va revenir dans une heure. Il faut que je sois à la maison quand elle arrivera.

— Je n'y peux rien, madame. C'est le règlement.

Chapitre IX

Ce qu'elle aurait dû savoir l'aurait fait pleurer et gémir. La pitié et la détresse auraient épuisé son cœur de mère. Elle aurait guetté le retour de sa pensionnaire, l'aurait serrée dans ses bras sans jamais la laisser aller, afin qu'elle échappât à son triste destin.

Cette incubation en foyer affilié, chez les Beaudry, marquait la fin de six mois de cure à Saint-Gabriel. Une demi-année, pendant laquelle elle connut, tour à tour, la réclusion en cellule, la camisole de force, les traitements par chocs électriques... Tout cela, entrecoupé de phases paisibles et, parfois, de véritables drames qui hantaient ensuite pendant plusieurs jours le silence morne de la clinique.

Un jour, elle mit le feu à son lit et l'attisa en y brûlant les tiroirs de sa commode. Assez étrangement, le hasard fit qu'un infirmier s'en aperçut et sauva de justesse l'infortunée à demi-asphyxiée.

Au cours de la même année, à deux reprises, elle s'enfonça

des aiguilles dans les bras, nécessitant d'urgence des interventions délicates et compliquées. Puis, ce fut le coup classique: les veines du poignet gauche coupées...

En dépit de tout cela, les mois passant, le psychiatre inscrivit au dossier: «Personnalité immature avec de forts traits hystériques. Aucun trait de psychopathie.»

Voilà pour la petite Lucie. En fait, le dossier numéro 11276 ne suscita aucun intérêt particulier pour les médecins, à part les étranges fantaisies dont les retombées n'affectaient que les infirmières et infirmiers.

Au cours de ces mois, le psychiatre en vint à lui signer un laissez-passer lui permettant de sortir à volonté, à la condition de rentrer avant 22 h.

Au retour, aucune question sur ses allées et venues ni sur son emploi du temps. Même l'heure d'entrée ne fut pas tellement contrôlée. Aussi, Lucie s'en étant rendu compte, il lui arriva de prolonger ses instants de liberté et de ne rentrer que le lendemain dans la journée.

Tout cela, Madame Beaudry l'ignorait. Tout comme elle ne pouvait soupçonner son absence à la leçon de chant, dans l'après-midi qui précéda le jour où elle mit le feu à ses vêtements.

Décidant de ne pas aller chez Monsieur Lartigue, Lucie s'était rendue à l'*Auberge des rêves*, décidée d'y faire la fête après six mois d'absence.

Pour les trente dollars qui remplissaient sa bourse, elle eut droit à quelques mandrakes, un peu de *mari* et deux bières. Avec cela, elle avala une partie de sa réserve de médicaments que l'hôpital lui avait remis pour le mois.

Le serveur Armand s'aperçut bientôt qu'elle était presque *stoned*. Il lui conseilla de quitter et d'aller se reposer ailleurs. Il ne fallait surtout pas qu'elle lui reste sur les bras.

— Je vais te demander une voiture et rentre chez toi.

— Chez moi? répond-elle, ricanant méchamment. C'est
où chez moi?

— Fais pas d'histoires, Lucie. Va te reposer. Tu revien-
dras causer comme autrefois. On va t'aider. Tu le sais bien.

À la fin, elle se laissa convaincre. Elle sortit un petit papier
de sa bourse et le tendit à Armand en lui disant:

— Tiens, regarde... C'est là que je demeure.

Elle se mit à pleurer. Armand se leva et se dirigea vers le
bar. Il composa le numéro de téléphone qu'il avait trouvé
sur le papier.

— Madame Beaudry? Ici un ami de Lucie. Elle est malade.
J'ai demandé un taxi et...

— Où est-elle? Êtes-vous Monsieur Lartigue?

— Ne vous inquiétez pas. Ce n'est pas grave. Mais je
pense que ce ne serait pas prudent de la laisser rentrer en
autobus.

Il raccrocha aussitôt.

Une demi-heure plus tard, elle arriva à la maison dans un
état effroyable: les cheveux défaits, le visage laid, la pupille
dilatée, tenant à peine sur ses jambes. Elle vomissait beaucoup.

S'agrippant aux meubles sur son passage, elle faisait des
efforts pour respirer. Elle pleurait. Elle ne semblait pas avoir
conscience de l'endroit où elle se trouvait. Beaucoup de mots
mal articulés restaient incompréhensibles. Parfois, elle donnait l'impression de discuter avec sa mère. D'autres fois, à
bout de forces, elle la réclamait.

Désemparée, Madame Beaudry fit de son mieux pour la
soigner et pour répondre patiemment à ses propos incohérents
et confus.

Cette scène dura longtemps, jusqu'au soir.

La nuit qui suivit, Madame Beaudry ne dormit pas.

Fréquemment, elle se leva, marcha sur la pointe des pieds et pénétra dans la chambre où Lucie dormait profondément.

La regardant longuement, émue jusqu'aux entrailles, elle l'aimait déjà beaucoup à cause des grandes souffrances inscrites sur son corps et de celles, plus intenses encore, qu'elle devinait dans son cœur. Essuyant les larmes qui glissaient sur ses joues, elle bordait le lit de sa protégée et posait chaque fois un baiser sur son front brûlant.

Le lendemain, impossible de lui faire ouvrir la porte, malgré les paroles douces qu'elle s'employait à utiliser. Lucie refusa de manger toute nourriture et se barricada jusqu'au moment où, avec des cris épouvantables, elle sortit tout en flammes...

Heureusement, cette fois-ci, les brûlures n'étaient que superficielles. Grâce à son intervention rapide, Madame Beaudry n'eut pas besoin de recourir aux services d'un médecin.

Malgré toute l'attention et la douceur que lui prodigua cette femme, avec un amour vraiment maternel, Lucie continua de pleurer... et de pleurer.

Sans doute regrettait-elle, comme elle l'avait dit, d'avoir causé tous ces ennuis. Peut-être se désolait-elle de quelque chose d'autre dont la douleur pénétrant plus loin que les chairs atteint les forces vives de l'être?

De la cuisine, dans la berceuse où Madame Beaudry s'était assise pour surveiller et accourir au moindre geste de Lucie, elle l'entendait sangloter, éclater parfois à chaudes larmes.

Toute transie encore, haletante comme après une longue course pour échapper à un désastre, elle regardait droit devant elle. Ses yeux perçaient les murs et guettaient plus loin le danger qui pourrait encore surgir d'un moment à l'autre.

Nerveuse, elle essayait de se rappeler et d'interpréter les

cris de désespoir et de rage de Lucie. Tout s'était passé si vite. Puis, elle s'égara devant la dualité des sentiments de la fille qui, tantôt jurait et invectivait contre sa mère, tantôt l'appelait et l'implorait avec les larmes innocentes d'une enfant.

Chapitre X

Des plaintes longues s'étirent comme pour ne pas sortir de sa bouche. Une lamentation continue, tirée d'une indicible souffrance, accompagne les gestes convulsifs. Malgré les courroies qui la retiennent, les efforts extrêmes de Lucie défient les soins et l'assistance des personnes qui voudraient tant la ramener dans un présent tranquille et reposant.

Dans ce combat singulier contre des forces invisibles, elle plonge la tête en arrière et les veines, dans son cou, saillent comme des cordes tendues à se rompre.

Si au moins quelqu'un pouvait y comprendre quelque chose. Mais non! Des mots incompréhensibles, inarticulés, rauques et graves désespèrent les personnes à son chevet. Attentives à chacun de ses mouvements, les gardes n'arrivent pas à comprendre autre chose que des sons entrecoupés de «ma-ha-ha... ma-ha-ha...»

Comment la mère de Lucie pourrait-elle entendre ces

appels accablants, ce désarroi profond? Ce soir encore, pendant que sa fille, entourée de personnes inconnues, lutte avec acharnement sur un lit d'hôpital, elle, quelque part dans un motel, se prélasse dans de beaux draps blancs.

Il y a quelques minutes, tendant lentement le bras, elle a allumé la lampe près de son lit. Le sommeil ne vant pas, elle s'est pris une cigarette, qu'elle fume en regardant très droit devant elle.

À ses côtés, satisfait des plaisirs de la soirée, un homme dort profondément. Ce n'est pas son mari.

Selon son habitude, quand son mari, marin de profession à bord d'un brise-glaces, part pour le ravitaillement des postes de la Côte Nord et du Territoire de la Grande-Baie, elle s'offre ainsi des vacances.

Cherche-t-elle vraiment l'aventure? Veut-elle combler le vide que lui imposent les départs fréquents de son mari? C'est plus que cela. C'est une sorte de vengeance que lui inspire un esprit soupçonneux; elle ne peut calmer son imagination qui lui chuchote des choses.

De combien de scènes Lucie a-t-elle été témoin entre son père et sa mère, durant lesquelles jamais une parcelle de confiance n'a pu venir la tranquilliser. Plus encore, les doutes de cette femme s'imprègnent de jalousie et de méchanceté.

Dans son esprit tourmenté, ses soupçons naviguent si loin que, les soirs où Monsieur Lambert revient de la brasserie, elle le gronde et l'accuse d'avoir des relations intimes avec ses propres filles.

Si elle ne dort pas cette nuit, c'est parce que son instinct maternel, toujours en conflit avec ses sentiments de refus, ne peut oublier la visite de sa fille, hier, dans la matinée.

Le jour qui précéda cette tentative de suicide, Lucie arriva à la maison, toute belle et dans une tenue soignée. Une autre fois, sa fille venait l'implorer et lui demander la permission de venir vivre à la maison.

Lucie ressemble beaucoup à sa mère. La même taille fine, le même mystère dans les yeux passant du vert au brun, la même teinte de cheveux. Mais, alors que les quarante ans de Madame Lambert demeurent à peine perceptibles, la vie, déjà, commence à s'emparer traîtreusement de la fraîcheur du visage de sa fille.

Cette rencontre ne marcha pas du tout. Aucun argument ne put réussir à changer la décision ferme de Madame Lambert. Bien plus, la dispute s'aggrava lorsque Lucie déclara:

— Papa est d'accord. Il veut que je revienne à la maison.

— Ton père, ça ne le regarde pas. Il n'est jamais à la maison. Il ne s'est jamais occupé de ses enfants. Tu vois, il part encore demain. Le grand large! Les glaces du nord... C'est bien lui...

— Ce n'est pas cela, maman. J'en ai assez de vivre en foyer. Tu ne sais pas ce que c'est....

— Tu n'avais qu'à pas faire exprès. Je t'avais bien prévenue.

— Tu n'as jamais voulu me croire. Ce n'est pas moi qui suis responsable.

— Non? Regarde ta sœur et ton frère... ce qu'ils sont devenus... de vraies loques humaines. A dix-huit ans, Paul ressemble à un vieillard. Il ne lui reste pas deux ans à vivre. Les docteurs ne peuvent plus rien faire.

— Maman, si tu m'avais crue. Ce n'est pas moi qui les ai initiés. C'est toute une affaire...

— Après tout ce que tu as fait, comment veux-tu que je te croie? Et puis, il n'en est pas question. Tu ne rentreras pas ici.

— Je t'en supplie, maman, Il faut que je revienne, que j'aie ma chambre, que je pratique mon chant... Ça peut devenir toute ma vie. Autrement, je sais comment je vais finir...

— Ça ne me fait plus peur et tu ne m'auras pas avec tes menaces de suicide. Ça n'effraie même plus ton psychiatre, ni le travailleur social. Ils l'ont dit, tu es guérie.

Ne voulant pas réveiller son compagnon qui dort calmement, Madame Lambert soulève avec précaution les draps qui «l'abrillent» et se lève.

Elle trouve des pilules dans son sac à main et se rend à la salle de bains pour y prendre un verre d'eau, en suppliant le sommeil de venir lui donner un peu de repos.

Revenue près de la table de nuit, elle prend une autre cigarette et l'allume avec un briquet que sa main faible prend trois ou quatre coups à enflammer.

Elle sait que, malgré les médicaments qu'elle vient d'avaler, elle ne s'endormira que dans une heure ou deux. Cela l'irrite de ne pas pouvoir dormir et de n'être pas capable de chasser ces idées qui l'assaillent.

«Elle reviendra encore, pense-t-elle. Je ne m'en déferai donc jamais...»

S'en défaire! Elle ne sait pas. Elle ne se rappelle pas, qu'il y a des années, elle a échappé ce mot, signifiant à son enfant d'une façon brutale, le rejet dont l'obsession ne la quitta jamais plus.

Lucie avait cinq ans. Au cours d'une dispute, Madame Lambert lança à son mari:

— Celle-là, elle est de trop. Si ta sœur en voulait, je la lui donnerais.

La bambine alors, dans sa petite robe de nuit, blottie depuis un moment près de la porte de sa chambre et priant Dieu pour que ses parents cessent leur dispute, s'élança dans son lit. Enfouissant sa tête sous l'oreiller pour ne plus rien entendre de cette véritable traite à rabais, elle sanglota amèrement.

Cette blessure à son cœur d'enfant qui ne pouvait pas comprendre pourquoi sa mère ne l'aimait pas, comme elle, elle l'aimait, ne se referma jamais tout à fait.

Pourtant, combien de fois, avec des tentatives de plus en plus marquées par des accents sincères, Lucie n'a-t-elle pas essayé de pénétrer le cœur de sa mère et franchir le seuil de son foyer?

Ce qu'il dut lui en prendre de courage pour lutter ainsi et mendier une place sous un toit, selon toute apparence, dépourvu d'hospitalité et de chaleur.

«Elle n'avait qu'à ne pas venir, pense Madame Lambert, maintenant allongée dans un fauteuil, non loin du lit. Elle le sait que c'est fini avec elle. Je l'ai dit devant le psychiatre.»

Ne pouvant lutter contre la marée montante de ses pensées, elle grille cigarette sur cigarette, agitant parfois la main pour disperser la fumée qui l'enveloppe. Que de souvenirs, comme des visiteurs importuns, frappent à sa mémoire et l'obligent à leur donner asile pour un moment. C'est ainsi que, d'une réminiscence à une autre, elle en vient à revivre cette autre rencontre organisée par le psychiatre, à Saint-Gabriel.

Juste le fait de se rendre à cet endroit avait été une véritable honte, préoccupée qu'elle fut, pour cette circonstance, des gens qui pourraient la voir, qui pourraient deviner... et se chuchoter à l'oreille: «Savais-tu que la fille de Madame Lambert est à Saint-Gabriel?»

Ce fut la seule fois, d'ailleurs, qu'elle se rendit à l'hôpital. En aucune autre occasion, durant les divers stages qu'y fit Lucie, elle n'y était venue.

Chapitre XI

Le jour de la rencontre arrivé, Madame Lambert prit mille précautions pour détourner tout soupçon sur ses allées et venues.

— Si on appelle, dit-elle à sa fille, en quittant la maison, réponds que ton père et moi sommes allés chez ton oncle, en dehors de la ville.

Froide comme le dur et insensible terrazzo du plancher, cette salle, privée de tentures aux fenêtres, n'a rien pour atténuer la rigueur des opinions de Madame Lambert sur ces lieux. Des barreaux de métal peints en noir barricadent les ouvertures sur l'extérieur. Des meubles simples et peu nombreux amplifient l'impression de vide qui rend mal à l'aise. En glissant sur le plancher, les chaises grincent.

De toute façon, même sans le côté artificiel de ces choses matérielles, Madame Lambert n'a jamais pu faire la différence entre un asile et un hôpital, entre le nom de cet établissement devenu légendaire et la section particulière de cet immense complexe qu'habite temporairement sa fille pour y être traitée.

Peut-être, cependant, si le psychiatre et le travailleur social avaient cherché plus attentivement derrière le numéro 11276 la personne humaine qui réclamait son retour chez les siens, peut-être que l'entrevue eût réussi. Peut-être aussi que ces spécialistes, s'ils s'étaient donné la peine de préparer les personnes au miracle possible d'une découverte inattendue, d'un moment ultime qui rejette le passé et enlace l'enfant retrouvée, peut-être que cet après-midi eût sauvé Lucie.

Par malheur, il n'en fut rien. Cette séance se déroula comme une vraie rencontre sportive. Au champ: le père et la mère. Au marbre: Lucie. Arbitre: le psychiatre et le travailleur social.

Ces juges du jeu connaissent bien leur affaire. Arrivés les premiers, ils assistent sans parler à l'échange de quelques balles des joueurs au champ. Puis, Lucie entre et prend place au bâton. Tout est prêt. La partie va commencer.

Les arbitres ouvrent le dossier numéro 11276, lèvent les yeux. «Au jeu»!

Impatiente depuis son arrivée, le visage coloré de rouge à cause de la gêne, les rides remises en évidence par l'insécurité qu'elle ressent, Madame Lambert n'attend pas son tour et elle s'élance.

— C'est toi qui as tout arrangé... Comment tu dirais le contraire... Je le sais. C'est ton père qui m'a forcée à venir. Mais ça ne changera rien.

— Attends un peu, maman. Le docteur va te le dire que je vais mieux...

Comme une enfant effarouchée, dans une situation où elle sait que son infériorité la place nettement du côté perdant, Lucie, frêle même dans sa voix, risque cette intervention qui ressemble à une supplication. Mais Madame Lambert ne perd

50

pas de temps et conserve l'avantage qu'elle s'est arrogé.

— Mieux? Essaie donc de me faire croire cela. Pour qui me prends-tu? Combien de fois m'as-tu conté cette chanson? Non, non! C'est dans la tête... Ça ne se guérit pas...

La mère et la fille continuent ainsi, l'une insérant dans chacune de ses paroles un venin de refus, un poison de haine, afin d'en finir une fois pour toutes avec cette question de retour à la maison; l'autre, à l'affût de la dernière chance, de l'arrimage à un vaisseau étranger...

N'ayant pas réussi encore à placer un mot, impressionné sûrement par la présence de ces spécialistes, intimidé par l'attitude de sa femme... ou tout simplement bouleversé à la vue de la détresse de sa fille, Monsieur Lambert intervient:

— C'est assez. Assez... Je...

Il ne peut aller plus loin. Madame Lambert riposte tout de suite.

— Comment, assez?...

Malgré ses bonnes intentions, Monsieur Lambert ne réussit pas à compter. Lucie perd la partie. Les spécialistes se gardent bien d'intervenir. Là n'est pas leur rôle... Il ne faut rien forcer... Il faut respecter les opinions de chacun... laisser tout le monde se défouler...

Avec la même crainte d'être remarquée, Madame Lambert refit les mêmes corridors et piétina près de la porte de sortie, en attendant l'arrivée de la voiture-taxi.

Brisée jusqu'au fond de son cœur où les minces filets d'espoir n'ont pu résister, Lucie regagna sa cellule et refusa de prendre le repas du soir.

Quand même désappointés de cet échec, le psychiatre et le travailleur social échangèrent quelques paroles en se dirigeant vers leurs bureaux où ils replacèrent machinalement le dossier 11276. La partie était terminée.

Chapitre XII

Le sergent Rémi est de retour au poste. C'est le va-et-vient habituel, sans trop d'encombrement à ce moment de la nuit. L'ouvrage a repris tout son monde. Tout est calme, d'une tranquillité morne chargée de quelque chose de lourd comme à la fin d'une longue journée humide.

Diane lui a préparé un café d'où s'échappent de toutes petites volutes blanches qu'il observe distraitement. Assis non loin d'elle, il reste songeur devant les formules à remplir. Une cigarette brûle dans sa main gauche et, il fait tournoyer un stylo qui hésite à écrire et s'acharne à briser le carbone noir qui dépasse de la formule aux multiples copies.

L'air froid, pénétrant par la fenêtre ouverte, a obligé Diane à jeter sur ses épaules un châle de lainage blanc. A cette heure de la nuit, sa mise en plis a capitulé devant le crayon qu'elle y glisse souvent et le minuscule micro qu'elle place avec précaution sur sa tête, lorsqu'elle s'installe à son travail.

Abandonnant sa place, Rémi s'avance jusqu'à Diane, relève une de ses boucles brunes et pose un baiser sur sa joue.

Diane est surprise, car jamais il ne se permet une telle familiarité durant le travail.

— Tu es fatigué, Rémi. Prends ton café pendant qu'il est chaud.

— Quelle nuit! Son image ne me quitte pas. Je pense que... en bas du pont... je ne serais pas capable d'y aller... Ce doit être affreux...

— Crois-tu qu'elle s'en tirera?

— Elle? Probablement que oui. Mais il y en aura encore d'autres. Maudite drogue! Et dire que la GRC a infiltré des agents dans ces milieux. Il y en a tous les soirs dans ces restaurants... Il y en avait sûrement à l'endroit où elle s'est approvisionnée.

— C'est bien sûr. Mais qui est responsable, Rémi? Ces agents qui laissent profiter ce commerce sous leur nez ou la loi défectueuse qui permet aux *pushers* de jouer habilement...

DEUXIÈME PARTIE

La Montée

Chapitre I

Le silence de la nuit s'accorde avec le souffle faible et rythmé de la respiration de la malade. L'atmosphère de la chambre 4154 s'est transformée. À l'odeur des draps de coton blanc, remplis de pouvoirs suggestifs d'impressions de douleurs et de souffrances, a succédé l'espoir d'un traitement normal.

Un vent léger et frais pousse les rideaux qui viennent frôler l'épaule d'Anne à qui on a permis d'entrer maintenant et de rester près de son amie. Ses yeux sont ronds comme en plein jour et ses pupilles s'écarquillent pour combattre l'obscurité qui serait complète sans la présence d'une lampe faible, à la tête du lit.

Elle s'avance lentement, sans faire le moindre bruit. Son regard se promène le long des deux bras étendus de chaque côté de ce corps immobile. La crainte de découvrir aux poignets d'autres points de suture la fait trembler. Ses doigts, à nouveau, endurent la morsure de ses dents.

Tranquillement, ses yeux se sont habitués à l'obscurité de

la pièce. Elle distingue mieux et son regard plein de tendresse contemple enfin l'image de son amie endormie.

Sur l'oreiller, des cheveux épars encadrent ce beau visage. Des cernes foncés y peignent des taches sombres qui alourdissent les paupières fermées. La bouche close semble murmurer des plaintes et des appels à l'aide. Sur le front, des rides prononcées accusent la nature d'exagération et de gaspillage.

Une troisième personne s'est ajoutée. Bob est là, à côté de Lucie. Il a pris sa main dans la sienne et ses yeux, mouillés de quelques larmes, implorent son amie.

Il la supplie de ne pas franchir le seuil de la cité inconnue et de lui revenir tout de suite. Il lui raconte comment il l'a cherchée partout depuis lundi dernier. Il lui répète qu'il n'a pas compris la raison de son départ subit.

Au moment où Anne croyait que rien n'allait plus, pendant que l'activité fébrile faisait courir les gardes entre le poste et la chambre, elle s'était décidée à l'appeler.

Maintenant réunis dans la même chambre, Lucie, Anne et Bob constituent à eux trois un monde bien à part. C'est comme s'ils venaient de très loin, d'ailleurs. Ils donnent l'impression d'errer dans une société où les règles et coutumes perçoivent mal leur mode de vie, où, selon un a priori sophistiqué, ils ne méritent pas de réintégrer les cadres pourtant mal vernis du grand monde.

Une de leurs lois veut que l'entraide qu'ils s'échangent remplace les gaffes que commettent parfois l'incompréhension et la rigueur de nos conventions.

Ainsi Anne, presque seule dans la vie, chassée de sa famille à dix-sept ans parce qu'elle prenait de la *mari* et de la mescaline, était redevable à Bob de son bonheur présent. Grâce à lui, elle avait découvert un milieu accueillant, habité de personnes simples et disposées à lui porter secours sans exiger autre chose qu'une volonté ferme de conquête personnelle.

Cet espèce de retour en cale sèche et la longue période nécessaire pour réparer l'organisme physique et les facultés psychiques ne vont pas sans des efforts quasi surhumains. Cependant, ceux qui parviennent à se reprendre en main revoient, un beau matin, le soleil se lever et caresser leur peau, les fleurs s'épanouir chez eux comme partout ailleurs et les soirs revenir doucement border et endormir des jours heureux.

Avec l'aide de Bob, Anne avait réussi cette remontée. Maintenant, elle partage un modeste appartement avec une compagne de collège. Tout en continuant ses études, elle gagne un peu d'argent en faisant de la couture. Non pas qu'elle désire s'offrir du luxe, loin de là. Elle garde et élève avec amour son bébé de deux ans. Il lui faut l'aimer pour deux. Pour elle et pour le père qui, en apprenant qu'elle était enceinte, oublia son amour et la quitta pour... Peu importe. Il lui reste de beaux souvenirs. À elle, maintenant, de croire en la vie et de transmettre ses espoirs à son amour réalisé.

Pour Bob, cela avait été tout différent. Bien installé dans un milieu interlope et vivant d'un commerce lucratif, le hasard fit qu'il fut repêché de la mer où il sombrait par l'aumônier de son collège. Ce sauvetage compliqué exigea beaucoup d'adresse de la part de ce dernier. Avant de revenir complètement à lui-même, le rescapé fut ébranlé par des réflexes qui le poussaient à sauter par-dessus bord. Heureusement, le capitaine et l'équipage réussirent à le tempérer, à le soigner, puis, à l'intéresser aux manœuvres de bord. Finalement, il resta avec eux.

Comment connut-il Lucie? Il se trouva tout bonnement au bon moment sur son chemin obscur, un soir d'automne. Il y a de cela huit mois à peine...

Chapitre II

Le froid rôde et un vent persistant s'acharne à pousser les feuilles comme avec des mouvements de violence. En attendant l'autobus sur le chemin Sainte-Foy, Bob agite les bras pour se réchauffer, car son épais chandail de laine ne réussit pas à le protéger suffisamment.

Soudain, son attention est attirée par l'état chancelant d'une fille qui sort de la brasserie toute proche. À première vue, elle lui semble complètement soûle. Il devine vite qu'il n'y a pas que cela.

Elle titube. Elle cherche vainement à maintenir son équilibre en appuyant sa main droite sur le mur. À sa façon de porter la cigarette à sa bouche avec une main hésitante, à sa manière de savourer cette fumée, il n'a plus de doute.

Il se dirige vers elle, décidé à l'aider. Mais, avant même qu'il puisse dire un mot, la fille s'adresse à lui avec une voix désagréable qui l'étonne.

— Personne ne veut plus de moi. Je suis écœurée. Viens

fumer un quart de joint avec moi. C'est tout ce qui me reste.

Elle articule difficilement et ses paupières lourdes tombent à la fin de chaque phrase.

— Est-ce que je puis t'aider? demande Bob.

— M'aider? Qui t'a demandé de m'aider? Ça ne marche plus. Je n'y arriverai pas encore, ce soir... Je n'ai pas de chance.

Bob ne peut deviner ce qu'elle veut dire par ces mots. Peu importe ses divagations et sa résistance, il sait qu'il doit faire quelque chose pour la secourir.

Se tenant à quelques pas d'elle, il ajoute:

— Tu as besoin d'aide. Je peux te trouver un endroit où dormir cette nuit. Demain, ça ira mieux si tu te reposes.

Vexée par ces mots, elle se redresse péniblement. Ses yeux deviennent méchants et, de sa voix désagréable, elle répond:

— Je connais ça! Tu ne coucheras pas avec moi, si c'est ça que tu cherches. Tu entends? Laisse-moi tranquille.

Cette phrase, elle la lui lance avec un rire méprisant. Puis, faisant un signe avec sa main qu'elle a peine à soulever un instant, elle reprend:

— Je m'en vais chez moi. Tu entends? Au pont de Québec! Et j'y vais toute seule, à part ça. C'est pas compliqué, tu sais. Il s'agit d'avoir du courage...

Sa main levée s'affaisse. Son équilibre fait défaut. Bob a juste le temps de retenir sa tête qui va se frapper contre le mur. Il la relève. C'est à peine si elle peut tenir sur ses jambes.

Par bonheur, une voiture-taxi passe. Bob l'arrête, y monte avec la fille et demande au chauffeur de les conduire à *La Montée*, à Cap-Rouge.

Chapitre III

Pourtant au début de cette soirée, alors qu'elle se rendait à l'*Auberge des rêves*, elle s'était dit que c'était la dernière fois. Et tout semblait aller à merveille. Ce soir, elle avait enfin suffisamment d'argent pour s'acheter tout le courage nécessaire pour réaliser son plan.

C'était bondé à l'*Auberge*. La fumée dense salissait l'atmosphère et rendait plus laide encore la teinte orange des lumières. Trop forte, la musique débordait et s'échappait par une fenêtre entrouverte, attirant l'attention des gens qui passaient sur le trottoir.

L'air qu'elle huma en rentrant la fit sourire de contentement. Ce n'était pas du *vert pâle*, ce soir. Juste à l'odeur, elle savait qu'elle pourrait se procurer du *brun foncé*, de la vraie *mari* mexicaine.

Son odorat ne l'avait pas trompée. Cependant, vers les 20 h, les taux étaient à la hausse comme à la Bourse.

Habituellement, les transactions s'opéraient fort aisément.

Les *pushers* se tenaient au bar, faisaient leurs prix et négociaient avec le client. Lorsqu'ils concluaient un marché, leur regard perçait l'épaisse fumée et cherchait dans la salle. D'un clin d'oeil, ils signifiaient à une fille qu'elle pouvait faire la livraison.

Bien sûr, seuls les clients connus et membres, en quelque sorte, de l'*Auberge*, savaient comment procéder. L'acheteur devait ensuite se diriger vers la table indiquée par le vendeur. Attentive, la fille qui avait intercepté le signal prenait l'argent que le client plaçait sur la table et elle quittait sa place. Le moment convoité était enfin venu. Il ne restait plus qu'à s'asseoir et à prendre la marchandise dissimulée sous la chaise.

Ce soir-là, l'affluence des prenants affamés et l'abondance de l'argent changeaient le cours du marché. C'était à l'enchère, et presque à découvert, que l'on accordait au plus offrant cette substance magique, capable de créer des mondes lumineux remplis de langueur, de paix et d'euphorie.

À ce compte, Lucie dépensa vite son précieux avoir pour lequel, à son grand désespoir, elle n'eut pas grand-chose. Sa rage, alors, dépassa son courage. Elle se mit à pleurer sans qu'on s'occupât d'elle. La musique trop forte, la lumière trop faible et l'encombrement du restaurant noyaient sa crise de nerfs.

«Il faut que j'y arrive, se disait-elle. Si je distingue les barres blanches, en bas sur le boulevard, je n'aurai pas le courage...»

Décidée d'en finir, elle se leva précipitamment, se fraya un chemin à travers les chaises en désordre et quitta l'*Auberge*. Puisqu'il lui fallait de l'argent, elle devait recourir à la méthode rapide.

L'entreprise ne lui plaisait guère, mais, depuis qu'elle avait *fait la gaffe* (dans les termes du milieu, cela veut dire se prostituer une première fois en faisant du *pouce*), cela était devenu un moyen de se ramasser rapidement du *cash*.

D'habitude, elle choisissait ses victimes parmi les hommes dans la cinquantaine. Elle ne les trouvait pas trop exigeants et troquait son corps contre d'assez bonnes sommes.

Jouant candidement et habilement, souvent elle réussissait à se faire payer d'avance. Profitant alors d'un arrêt à un feu rouge, elle ouvrait subitement la portière et se sauvait, en se moquant du donateur trop pressé.

Lorsqu'il lui fallait un plus gros montant ou qu'elle croyait, selon les apparences du bonhomme, de sa voiture, de ses propos... pouvoir accumuler des réserves, elle jouait le grand jeu. Cela consistait d'abord à exiger une belle chambre dans un luxueux motel.

Le scénario, dès le début, persuadait le client qu'il vivrait l'extase. Avec la vivacité de sa jeunesse, elle courait d'une lampe à l'autre, allumant, éteignant, jusqu'au moment où elle disait avec un air câlin:

— C'est bien comme cela? Tu aimes l'ambiance ou j'éteins encore celle-là?

Sautant sur le lit, elle faisait voler les couvertures. Puis, subitement, comme la lionne qui va bondir, elle s'arrêtait, fixait l'homme droit dans les yeux et commençait un *strip-tease* délirant.

Dans la fraîcheur de sa jeune chair presque complètement à nu, elle ouvrait les bras et invitait son partenaire à détacher son soutien-gorge et à lui retirer les derniers petits morceaux qui la couvraient encore.

Les instants qui suivaient mettaient en présence les forces renouvelées de l'un et les assauts voluptueux de la fille pleine de désir, de tendresse nouvelle et de passion brûlante.

Glorieux, une fois cette chevauchée terminée, l'homme continuait de savourer son plaisir en reprenant tranquillement son souffle, sans se douter le moindrement du monde de la fin inattendue de cette rencontre.

Le cœur rajeuni, heureux de son exploit, il se dirigeait vers la salle de bains. Rapidement, pendant qu'il était sous la douche, Lucie lui faisait les poches, dérobait tout le reste de son argent et disparaissait tout aussi mystérieusement qu'elle était apparue à ce voyageur solitaire.

Cette fois, afin de réaliser son plan dans un temps bien déterminé (il passait déjà 21 h), elle devait agir vite et ne pas aller loin. Il fallait rester de ce côté-ci du pont, afin de revenir à l'*Auberge* et se procurer la dose de courage nécessaire pour embrouiller les lignes blanches dont la vue, du haut du pont, l'effrayait. Rien ne pouvait plus l'arrêter dans sa course désespérée.

Il y avait autre chose. Ce soir-là, elle ne voulait pas qu'on touchât à son corps. Juste avant de mourir, il lui répugnait de faire l'amour sans amour. C'était peut-être par principe, mais aussi parce que, pensait-elle, au moment de faire le grand saut, les étoiles n'écouteraient pas sa dernière prière.

Dans un mélange de mauvaise et de bonne fortunes, à peine eut-elle quitté le restaurant et fait quelques pas sur la rue Saint-Jean, son joli minois fit stopper une voiture reluisante.

Ayant réussi le départ, elle afficha une gaieté tout exhubérante. L'homme avait dans la cinquantaine et semblait se sentir bien à l'aise à côté de cette fille, en apparence légère.

À l'intérieur de cette capsule lancée vers une planète aphrodisiaque, la radio jouait fort et le pilote manœuvrait avec des airs de conquérant. Conduisant lentement, il se libéra une main et tenta d'atteindre la jambe croisée de Lucie.

— Doucement, dit-elle, en lui enlevant la main. On a tout notre temps. Si vous voulez faire ça comme il faut, on va boire un peu, avant. J'ai la gorge sèche.

Loin d'être froissé, le monsieur se dit tout de suite d'accord et lui proposa d'arrêter dans un motel, sur le chemin des Quatre-Bourgeois.

Dans le bar sombre et presque désert, ils commencèrent à boire. Malgré l'ambiance de l'endroit, Lucie éprouvait de la difficulté à composer son attitude. Elle se ressaisit, minauda, devint enjouée même. Puis, elle se mit à commander à boire et à commander encore. Au bout d'une demi-heure, le désir quintuplé par les effets de l'alcool avalé trop rapidement avait allumé des feux dans les yeux de l'homme. Il enlaça la belle Lucie et la supplia de venir à la chambre.

Jusque-là son plan se déroulait comme prévu. Les vapeurs de l'alcool produisaient déjà leurs effets. Il lui fallait continuer à se montrer douce, lui conseiller, le convaincre même de s'étendre tout habillé sur le lit pour se reposer un peu avant de se livrer aux jeux amoureux.

Cette phase n'était pas sans risque. Elle requérait de la persuasion, car, à ce moment-là, les désirs, le plus souvent, repoussaient subitement le sommeil. Les assauts brutaux d'un corps passionné et attisé par les spiritueux écartaient toute précaution et achevaient, de façon sauvage, cette entreprise commencée dans la douceur.

Docilement ou trop grisé par le scotch, l'homme écouta et s'étendit sur le lit. Plein de confiance, ses yeux à demi fermés regardaient Lucie pendant qu'elle caressait sa poitrine, en passant la main sous sa chemise que ne retenaient plus les petits boutons. En peu de temps, il s'assoupit.

Abandonnant sa séance d'anesthésie, elle prit mille précautions, dégagea sa main sur laquelle il s'était retourné et se leva sans faire de bruit.

Prestement, elle s'attaqua au veston, s'empara des billets qui garnissaient le portefeuille et quitta le motel.

L'heure qu'elle vérifia à sa montre la déçut. Elle n'avait plus le temps de retourner sur la rue Saint-Jean.

Ebranlée elle aussi par tout ce qu'elle avait ingurgité depuis le début de la soirée, elle sentait sa tête tourner. Elle évalua avec satisfaction son courage qui s'affermissait et décida de faire escale à la brasserie, pas très loin, sur le chemin Sainte-Foy, afin d'achever sa préparation et comptant bien, pour cela, y trouver le nécessaire.

À gros prix, elle obtint quelques joints et s'imagina que ce ne serait pas assez. Elle s'impatienta, manifesta sa colère et devint assez bizarre pour incommoder un des barmans.

— Donne-moi à boire, dit-elle à celui qui s'apprêtait à lui conseiller de partir. J'ai de quoi te payer. T'énerve pas. Tiens, ceci est pour toi.

Elle tendit un billet et le serveur lui apporta deux bières. Tranquillisée, elle se mit à fumer sans arrêt, en prenant de grandes respirations, et à boire les verres qu'elle continua de commander deux à la fois...

Au bout d'une demi-heure, le responsable de l'établissement vint près d'elle et lui parla tout bas. Sans doute lui dit-il tranquillement qu'elle était mieux de partir et d'aller se reposer, car elle se leva tant bien que mal et l'homme l'accompagna presque à la sortie. C'est là que Bob vit Lucie pour la première fois.

Dans la voiture-taxi qui roulait vers Cap-Rouge, Bob n'échangea pas un mot avec elle. Elle somnolait et essayait vainement de parler pour ne pas tomber dans un sommeil profond. Rien de ce qu'elle disait n'était compréhensible.

Chapitre IV

Vieille d'une soixantaine d'années, cette maison sise non loin du séminaire Saint-François, du côté sud du chemin Saint-Félix, offre l'aspect d'une demeure abandonnée. Les jours taciturnes et venteux, plus encore lorsque la brume s'élève du fleuve et l'entoure de vapeurs grises, on la prendrait facilement pour le refuge clandestin et mystérieux de quelque personnage misanthrope et hostile. C'est *La Montée*.

A l'entrée, les deux bornes en ciment, déplacées sur leur base par les opérations secrètes des dures gelées d'hiver, laissent deviner qu'elle fut, un jour passé, la résidence d'une famille bourgeoise.

Par les soirs sombres d'automne, il faut connaître son existence et son emplacement exact pour la remarquer au passage. Quantité d'arbustes hauts et d'arbres enchevêtrés encombrent les alentours et empêchent la lumière de s'échapper par les fenêtres et de courir jusqu'au chemin.

Hautement perchée sur la falaise escarpée à cet endroit, ses mille yeux regardent partout sur le fleuve. Sur deux faces, ses murs sont presque entiers en fenêtres à petits carreaux. À l'intérieur, la grande salle de séjour ainsi entourée offre une vue magnifique sur un décor immense et beau.

C'est là que Bob demeure. Lui et quelques garçons et filles y jouissent d'une hospitalité de durée non déterminée. Le temps d'effectuer dans leur intérieur la montée ardue sur des sentiers nouveaux, d'embrasser l'horizon avec un regard rempli de défi et de choisir une voie sur laquelle ils repartiront un bon matin.

Celui qui anime ces lieux appartient à l'Ordre des Capucins. Avec de petits yeux vifs derrière des lunettes à monture brune, des cheveux noirs abondants et un toupet revêche sur le front, il dégage une allure plutôt sévère.

Malgré cet extérieur austère, il n'a rien des rigueurs monacales qu'on pourrait supposer. Tout cela n'est qu'apparence et dépend, peut-être, de son corps malade, victime de trop de dureté. Car, en dépit des ordres de son médecin, il ne s'accorde que peu de repos et s'afflige du temps qui passe si vite, imposant sans cesse des limites à l'immense tâche qu'il ambitionne de réaliser.

Comme tous ceux qui se vouent à une cause qui les place parfois en évidence et souvent en position facile pour les lanceurs de blâmes, ce personnage doit aussi surmonter certaines attaques plus ou moins voilées.

Bien sûr, des confrères de sa communauté l'ont classé comme un original, un fils irrespectueux des règles de saint François. Certains le contestent si fort que le prieur hésite, chaque année, à lui renouveler l'obédience qui l'investit de pouvoirs pour diriger ce refuge.

Il est vrai que ses conceptions sur les relations de l'homme avec Dieu trouvent des applications plutôt inusitées. Dans la salle commune, après une soirée d'échanges, il lui arrive de passer naturellement du repas à quelques lectures des livres saints et de bénir le pain selon les rites de l'Église catholique.

Aux textes bibliques, il mêle tout naturellement des chansons de Piaf, des extraits du Petit Prince, de Daudet, des pages de Claudel, des pensées de Cesbron...

Il n'a rien cependant des ecclésiatiques qui ont remplacé les rites tranditionnels par un rituel à gogo accompagné de danses et de guitare, de conversation et de causette, dans un décor de boîte à chansons ou d'église désacralisée. Au contraire, sa façon de ramasser les âmes autour de paroles simples favorise la pénétration des symboles jusqu'à des profondeurs inconnues ou insoupçonnées, d'où elles émergent ensuite avec une vision nouvelle sur la mer immense du monde.

Lorsque Bob s'amena avec Lucie, totalement inconsciente, il ne fallut que quelques minutes au Père Pérignac pour lui préparer une chambre et l'y coucher tout habillée, dans des draps qui sentaient l'humidité.

L'arrivée subite d'un gars ou d'une fille ne prenait jamais au dépourvu le caractère hospitalier de *La Montée*. Plus que de coutume, le silence s'y installait, le feu était attisé dans le foyer et la lumière, dans la grande salle, continuait de veiller en cas de besoin.

Dans de pareilles circonstances, le Père Pérignac ne se couchait pas. S'enveloppant dans une espèce de chemise d'étoffe, il s'allongeait dans un fauteuil démodé et attendait.

Ce soir-là, assis près de lui, face au foyer, à l'opposé de la partie de la pièce occupée par la grande table, Bob partagea son silence. Puis, ils causèrent.

— Crois-tu que cette fille était décidée à venir ici? Je ne comprends pas pourquoi tu l'as amenée ici dans un état pareil. Depuis quand la connais-tu?

— Je ne la connais pas du tout. Je ne l'ai pas remarquée au collège... Pourquoi je l'ai amenée ici?... Elle ne voulait même pas me suivre, mais je ne pouvais tout de même pas la laisser dans la rue...

Bob raconte comment il l'a abordée, comment elle s'est montrée rétive et incrédule devant l'aide qu'il lui offrait.

— Si j'avais su où elle demeure, j'aurais pu la reconduire chez elle. En tout cas, pour cette nuit, elle est mieux ici que dehors. Demain...

— Demain, reprend le père, elle partira ou elle restera! Si elle est venue jusqu'ici, peu importe comment, elle peut y rester. La maison est toujours ouverte... Tu le sais bien.

— Oh! cela me revient. Elle a parlé du pont de Québec. Je suppose qu'elle demeure dans ce quartier.

— C'est bien possible.

Dans le silence qui se fait à nouveau, Bob devient songeur. Il essaie de deviner quelle aurait été sa propre réaction dans une situation pareille. Son arrivée à *La Montée* avait été tellement différente.

À ce moment-là, il fréquentait le collège beaucoup plus pour l'argent qu'il pouvait y faire que pour l'instruction conduisant à l'obtention d'un DEC. Son horaire était souvent pertubé par des voyages qu'il devait effectuer à l'extérieur de la ville pour les fins de son commerce.

Cependant, s'il manquait sans scrupule la plupart des cours, il s'absentait rarement des leçons de philosophie que donnait le Père Pérignac.

Au collège, le cours de Philo 101 explore des thèmes empruntés à la réalité de la vie. Variables à l'infini, les sujets peuvent partir du jeu, de la bourgeoisie, de la vedette... et s'intéresser tout aussi bien à la communication, à la participation...

Ce qui importe, c'est qu'à partir de situations problématiques, l'étudiant arrive à objectiver des formulations, puis à développer les divers mécanismes de la pensée qui l'amène-ront, dans la vie comme au collège, à discuter selon la raison.

Durant les heures donc, pendant lesquelles le titulaire de cette science du haut savoir ramenait des notions transcen-dantales à des niveaux intelligibles pour son auditoire, il arrivait fréquemment à Bob de devenir un interlocuteur obstiné, mais sympathique.

Tout à fait à l'aise, il lançait ses objections pour voir les réactions «du curé». Mais ce dernier, capable de prendre les détours qui s'imposaient, ne rebutait pas son élève. Au contraire, et toute la classe semblait profiter de l'animation qui s'emparait de ces séminaires. Ainsi passait l'heure de philo. L'intérêt était à ce point que les dix minutes précédant le cours suivant ne suffisaient ni à l'un ni à l'autre pour clore le débat.

Peu à peu, ces discussions franchirent le seuil de la classe pour se poursuivre dans le bureau du père. Bob, qui se préoc-cupait si peu des autres cours, pouvait alors contester à son gré les notions de son professeur, sans se soucier d'une heure limite des fins de cours.

Puis, un beau jour, sans même qu'il ne s'en rendît compte, il se retrouva à *La Montée*. Comme ça, subitement. Il ne voulait pas attendre les deux jours qui le séparaient de la prochaine leçon pour étaler ses arguments sur le thème de la violence récemment abordé.

À cause de son «métier», il savait de quoi il causait. Dans son secteur d'activité, on ne parle pas de violence. On dit: «C'est la loi. Si tu ne fais pas cela... Si la livraison n'est pas faite... Si tu n'apportes pas l'argent... Tu sais ce qui t'attend. C'est la loi.»

Il fut bien reçu. L'endroit ne retint guère son attention. Seul le débat autour de cette question l'intéressait, car ses idées s'appuyaient sur la réalité, sur le succès de l'entreprise dans laquelle il travaillait. «Régler ses comptes, disait-il, c'est nécessaire et rien ne fonctionnerait sans le respect de cette loi.»

Très intelligent, Bob jouait facilement avec les arguments. Les exemples et les questions qui embarrassaient momentanément son adversaire lui donnaient le temps de trouver une autre piste; et ce jeu l'amusait.

Ne cédant pas aisément, même devant quelqu'un de taille, ce genre de visite se multiplia si bien qu'il prit goût à ces soirées. Ce lieu inhabituel, le temps qui passait rapidement, la liberté dans laquelle on évoluait, tout cela produisit chez lui une lente transformation. Il se défendit d'abord contre cet appel intérieur, puis, peu à peu, il se décida de tenter l'expérience.

Sans quitter des yeux la flamme qui s'agite dans le foyer, sans rompre non plus le silence qui lui permet de revivre le moment de son arrivée à *La Montée*, il constate, avec étonnement, qu'il désire que cette fille ne parte pas demain. Il ne peut s'expliquer cette soudaine intuition du grand besoin de cette chancelante image, pas plus qu'il ne peut comprendre cette étrange nuit.

Changeant de position sur l'inconfortable fauteuil, il dit doucement au père, à côté de lui:

— J'ai peur de sa réaction quand elle se réveillera, demain...

Chapitre V

Le matin suivant, chacun des pensionnaires reçut le message de ne pas rentrer pour le dîner ni pour le souper. Toute explication eût été superflue. À cette consigne et aussi en apercevant les yeux du père qui n'avait pas dormi, chacun devina qu'il se passait quelque chose d'insolite.

À Bob, cependant, le père avait dit:
— Reviens vers les 17 h. J'espère qu'elle comprendra.

Bob ne fit pas grand-chose au collège cette journée-là. Son esprit demeura rebelle à tout effort pour se concentrer. Rien ne réussit à l'occuper vraiment.

Il se réfugia à la bibliothèque en pensant terminer un travail, mais il referma bientôt ses livres et commença à errer dans le collège.

Lorsqu'il revint à *La Montée*, un peu avant l'heure convenue, il trouva la maison vide. Désappointé, il courut au bureau du père; porte ouverte, endroit désert.

De retour dans la grande salle, il remarqua quelques chaises déplacées, comme si plusieurs personnes avaient pris place à cet endroit. Le cendrier débordait de cigarettes, la plupart à moitié fumées. Des taches de café maculaient des feuilles éparses sur la table.

Il ne comprend rien. «Peut-être, pense-t-il, est-elle partie aussi vite qu'elle est venue? Et pourquoi serait-elle restée? Sa surprise, au réveil, a dû accroître sa violence de la veille.»

Debout près de la fenêtre, il cherche le moyen d'effacer dans son esprit ce court épisode, cet élan spontané qui l'avait porté subitement à vouloir rester dans cette orbite dont la conjonction imprévue ne pouvait être qu'éphémère.

Dehors, le soleil couchant enflamme la tête des arbres, tandis que la majeure partie des teintes de l'automne se cache dans l'ombre projetée sur elles par la maison.

L'idée lui vient alors d'appeler Anne qu'il n'a pas vue de la journée au collège.

— Bien non! Je suis restée à la maison... Le bébé est malade et ma compagne ne pouvait le garder. Tu me passeras tes notes?

— Oh! Je n'ai pas grand-chose comme notes...

— Comment cela? Il manquait des professeurs?

— Non, c'est moi qui étais loin des cours...

— Cela peut arriver, Bob. Tu as l'air fatigué. Quelque chose ne vas pas?

— Ce n'est pas tellement la fatigue. La maison est vide et ça me fait drôle.

— Ce sentiment est inhabituel chez toi. Qu'est-ce qui se passe?

— Ah! Ce serait long à te raconter. J'ai amené une fille,

hier soir. Elle avait vraiment besoin d'aide. Je ne sais pas si elle est du collège. Je ne me rappelle pas l'avoir vue avant. Je suis revenu à *La Montée*, en espérant la revoir dans un meilleur état. Elle n'y est plus.

— Tiens! Bob qui me cachait une nouvelle conquête.

— Non, pas du tout, ce n'est pas cela. Je n'avais jamais vu cette fille, je t'assure. Je me suis questionné sur le hasard de cette rencontre. Quelque chose me dit que cette fille ne peut rester isolée. Elle a besoin d'assistance.

— Et c'est pour cela que tu te sens seul?

— Bien oui, je suis désappointé, tu vois! Je serais peut-être mieux de tout oublier cela.

— Pour le moment tu devrais souper. Il me reste des choses si tu veux venir. Moi aussi je me sens seule.

Chapitre VI

Pendant ce temps, sur le boulevard de la Capitale, au volant d'une vieille Valiant, le Père Pérignac dépasse la limite de vitesse permise. Une seule ambition provoque cette infraction plus ou moins volontaire. Plus vite il arrivera chez lui, plus vite il atteindra son lit.

Cette longue nuit passée dans l'attente l'a épuisé. Mais combien plus encore est-il bouleversé à cause de l'attitude de cette fille dont il garde les images obsédantes des désirs désespérés, du courage ramassé, de la désillusion accablante devant ses échecs répétés.

Il a été le seul témoin de la crise de Lucie à son réveil brutal, si loin des étoiles étincelantes vers lesquelles elle avait aspiré.

Se demandant où elle était, elle sauta vivement du lit et tendit l'oreille pour s'assurer de sa sécurité. Elle fit quelques pas muets dans l'étroit corridor et se mit à courir, en espérant trouver une issue avant qu'on s'empare d'elle.

Sa course la conduisit dans la salle de séjour qu'elle traversa en quelques bonds. Mais, lorsqu'elle s'apprêta à franchir la porte, elle entendit une voix derrière elle.

— Bonjour, mademoiselle. Vous ne déjeunez pas avant de partir?

Apeurée, surprise, elle se retourne sans pouvoir articuler un seul mot. Désespérément, elle essaie de retracer les derniers événements de la soirée précédente.

Elle avait quitté le motel. Elle s'était rendue à la brasserie. *Speeds*, mandrakes, bière, valiums, bière, bière... Elle se rappelle qu'on l'a bousculée un peu. Elle ne s'en est pas fait parce qu'elle sentait bien qu'elle arriverait à son but. On l'avait priée de quitter les lieux. Elle s'était levée, décidée à se rendre au pont... Et cet homme ne ressemblait pas à celui qu'elle avait soûlé...

— Bon Dieu! Qui êtes-vous? Comment suis-je venue ici? Qu'avez-vous fait avec moi?

Le père ne bouge pas de sa place. Assis à la grande table, il continue de feuilleter un bouquin et d'écrire dans les pages.

Enragée, craintive aussi, elle s'approche juste un peu et continue sur un ton menaçant.

— Ah! Oui, je me rappelle. C'est un autre de votre *gang* qui m'a amenée ici, je suppose. Ça ne restera pas là. J'en connais des durs. Vous allez payer pour votre saloperie.

— Si tu ne te présentes pas, je vais le faire le premier. Je suis le Père Pérignac. Celui qui t'a amenée ici, c'est Bob. Il demeure ici, pour un temps. Tu avais besoin de secours. Tu as été chanceuse qu'il soit là.

Il a dit cela en se levant pour atteindre une cafetière et, sans la regarder, il en verse dans deux grosses tasses en faïence.

Cette présentation, cet endroit inconnu, ces quelques heures qu'elle n'arrive toujours pas à démêler... tout cela se mélange dans sa tête qui lui fait mal.

— Vous, un père! Celle-là elle est bonne. Vous ne vous en tirerez pas comme cela. Les pères, c'est dans les presbytères...

— Tu t'inquiètes pour rien. Si tu veux savoir ce qui s'est passé, viens t'asseoir... De l'autre côté de la table... Prends ce café.

— Si ce gars m'avait laissée tranquille, poursuit Lucie, tout serait fini maintenant. Il n'avait pas le droit de m'amener ici. J'étais libre de me tuer. C'est pas l'affaire de personne.

À ce moment, le père fait le lien entre «le pont de Québec», «elle demeure peut-être dans ce quartier», et ces quelques mots foudroyants comme le regard qui les accompagnent.

— On ne prend pas une fille comme cela. Mon affaire était correcte. J'avais pris tellement de courage que je n'aurais pas vu les lignes blanches en bas, sur le boulevard. Je n'aurais pas eu peur. Maintenant, tout est à refaire.

Cet homme ne l'effraie plus. Elle ne songe plus à s'enfuir. La pensée que tout est à recommencer fait gonfler sa poitrine et jaillir des larmes qui coulent sur ses joues blêmes. Recommencer! Se procurer de l'argent. N'avoir plus peur au moment de refaire tout ce rituel. Trouver une quantité suffisante...

S'approchant de la table, de l'autre côté, bien en face du père, elle lui demande:

— Qui va me donner du *cash* aujourd'hui? Vous le savez? Je n'ai plus que quelques piastres. Je n'ai même plus de valiums.

Feignant de ne rien comprendre, le père lui répond:

— Si tu voulais bien cesser de t'énerver et m'expliquer pourquoi tu as besoin d'argent... On est pas riche ici, mais on partage quand quelqu'un a besoin.

Le calme de cet homme, cette façon de la tutoyer et surtout ces petits yeux brillants qu'elle observe pour la première fois depuis qu'ils parlent, la surprennent. Elle s'assoit et continue à déverser son amertume et ses larmes. Le paquet de cigarettes sur la table se vide à vue d'oeil. Plusieurs fois, mue par la colère, elle se lève pour partir, puis se rassoit sur une autre chaise. Lorsqu'elle saisit la tasse, sa main tremble et le café se répand sur la table.

— Il faut que je vous fasse un dessin? Ce n'est pas parce que vous me causez gentiment que je vais changer. Je suis une toxicomane. Vous connaissez cela?

— Bien sûr que oui! répond tout de suite Pérignac en souriant. Tu n'es pas la première que je rencontre. Malheureusement, j'en ai connu qui ont mal fini. Par contre, je pourrais t'en nommer plusieurs qui en sont guéris. Pourquoi te laisses-tu avoir de la sorte?

— Ça ne prend pas, pas avec moi. Les bonnes prières et les sermons... ça ne me fait pas *triper*.

En disant ces mots, sa gorge répand un rire hystérique.

— *Triper*! fait-elle de nouveau, *triper*...

Puis, elle recommence à pleurer et laisse sa tête tomber lourdement dans ses mains.

— Ça fait longtemps que je ne pense plus à *triper*. Au début, quand je réussissais ma piqûre, ça allait droit au cœur. Ça battait dans tous les sens, puis ça montait à la tête. Tranquillement, tous mes membres s'endormaient et s'envolaient... Mais ce n'est plus pour le *fun*. C'est pour m'enlever la peur... Je parie que tu n'aurais pas le courage de sauter en bas...

— Tu n'y arriveras jamais, repond-il avec fermeté ses yeux ne la quittant plus. Il y a longtemps que tu essaies et tu n'as pas réussi. Bien sûr que je n'aurais pas ce courage, que j'aurais peur. Si tu n'as pas l'audace d'y aller comme ça, n'y pense pas. Tu échoueras toujours.

Des mouvements des mains qui fouillent dans ses cheveux, qui tirent sur le gilet de laine, qui frappent sur la table... amplifient sa crise de rage.

— Oui, j'y arriverai. Je ne veux pas finir comme mon frère. Et je ne peux plus attendre. Lui, au moins, il peut rester à la maison...

Peu à peu, le père entend par gros morceaux le récit inimaginable de cette misérable vie... Mais, peu à peu, il pressent l'impuissance de ses efforts et l'inutilité de sa logique.

Les cas de drogue ne constituent pas une spécialité pour *la Montée*. Faite d'un mélange de psychologie-non-diplômée et de connaissance profonde de l'être malheureux, la science du Père Pérignac ne s'accompagne d'aucune prétention. La bonté, le temps, la patience, l'argumentation...

Mais, cette fois, il doute qu'il puisse arriver à calmer cette fille. Comment l'amènerait-il à abandonner ses idées de suicide et sa décision de ramasser du courage, comme elle dit.

Il entame un autre paquet de cigarettes, son dernier. S'en emparant aussitôt, elle allume sur son mégot et continue de projeter son passé et d'en mouiller les images avec les larmes qu'elle n'essaie plus de contenir.

Le père n'interrompt pas son récit. Elle revit si intensément les heures douloureuses qu'elle raconte, qu'il peut l'observer sans qu'elle s'en aperçoive. Parfois, l'émotion le gagne. Il voudrait l'envelopper tout de suite de tendresse, de bonté, d'affection... de tout ce que la vie lui a si cruellement refusé jusqu'à présent.

Quand elle parle de sa mère qui lui refuse une place à la maison, qui l'accuse de tant de choses, il craint la profondeur de l'abîme et redoute la force du vertige tout prêt à saisir sa proie.

— Elle n'a jamais voulu me croire. Ce n'est pas moi qui ai initié mon frère et mes sœurs à la drogue. Quand j'ai su qu'ils fumaient de la *mari*, je les ai grondés. Je fouillais dans leurs affaires et je jetais ce que je trouvais dans leurs tiroirs. J'ai toujours eu peur de la drogue. C'est pour oublier que j'ai commencé. Non, ce n'est pas moi, je vous le jure. Et ma mère m'accuse encore et me rend responsable pour Paul. Il boit la colle... Vous voyez cela?

Elle n'en peut plus. Ses forces sont à bout. De nouveau, sa tête s'effondre sur la table et ses cheveux cachent son visage rougi et bouffi.

Sans être trop certain de ce qui va s'ensuivre, le père lui propose la seule solution qui lui paraît valable.

— Il faut que tu ailles à Saint-Gabriel. Là, ils te guériront. Tu n'as pas le droit de croire que tout est fini pour toi.

Au nom de Saint-Gabriel, elle sursaute. Elle ramasse son sac à main. Raide comme l'animal qui va bondir pour s'échapper, elle le dévisage et lui lance:

— C'est à cela que tu voulais en venir? Saint-Gabriel? Tu penses que je ne connais pas la place? J'y suis allée à trois reprises en cinq ans. La première fois, ils m'ont gardée un an. Ils m'ont enfermée dans une cellule. Je pensais qu'ils allaient me laisser pourrir. J'ai mis le feu à mon lit pour me sauver...

Que pouvait-il lui suggérer d'autre? Quel moyen possédait-il pour l'arrêter, la retenir, lui faire comprendre?

Le discours compréhensif faisant échec, Pérignac risque alors une attitude opposée. Il la brusque et, sur un ton de reproche:

— Ouais! C'est bien fini, mais c'est de ta faute à toi, pas celle des autres. Tu ne t'es pas aidée. Pour guérir, il faut s'aider. Si tu ne voulais pas...

Une autre fois sa gorge échappe ce rire sarcastique, rempli de méchanceté pour ce qu'il vient de lui dire et pour tout ce que ce nom de Saint-Gabriel lui rappelle.

— Écoute, Saint-Gabriel, ça ne guérit pas. Il faut savoir comment s'y prendre. Après mon feu, le psychiatre a eu peur, lui aussi. Il m'a donné un laissez-passer pour sortir. On me renouvelait mes médicaments chaque fois que je le demandais. Des barbituriques, tant que j'en voulais. Il s'agit de savoir comment procéder et à qui s'adresser. Ça, pas de problème. Mais, après un certain temps, on nous place dans des foyers lorsque nos parents ne veulent pas nous reprendre...

Tout n'était pas dit. Sur cet autre volet, le récit effroyable continue de l'entraîner dans cette mer dont elle n'atteint pas le fond. Désespérément attentif, le Père Pérignac guette le moment, le mot qui lui permettra de la saisir et de la ramener à la surface.

Une cure de désintoxication lui semble être la seule façon de ramener cette fille dans la tranquillité nécessaire pour apprendre à vivre. Il la laisse parler, puis, il profite d'un moment d'essoufflement pour lui faire entrevoir une autre façon d'aller à Saint-Gabriel. Vouloir y aller, vouloir guérir. Être accompagnée, soutenue par des amis qui penseraient à elle, qui viendraient la voir, qui s'intéresseraient à ses projets de chant...

— Dès que tu auras un laissez-passer, tu pourras venir ici, tant que tu voudras. Il y aura une chambre que tu organiseras à ton goût... Et puis, ne pense plus aux foyers affiliés; c'est ici que tu viendras...

Lucie écoute tout cela avec de grands yeux braqués sur lui. C'est comme si elle saisissait quelque chose qu'elle n'avait jamais compris auparavant.

Le père n'arrête pas. Il lui prouve que ce que d'autres ont fait, elle peut le faire. Il lui raconte comment on vit à *La Montée* et l'assure que tous l'aideront.

— Quand tu seras guérie, on s'arrangera pour payer tes leçons de chant et nous t'aiderons à trouver de l'ouvrage ou à reprendre tes études... Ce sera à toi de décider; ici, on est libre.

Sa main essuie les larmes qui dégoulinent sur le bout de son nez. Ses yeux ne quittent pas ceux de Pérignac voulant bien s'assurer qu'il ne fait pas un sermon qui se terminera avec: «C'est la grâce...»

Non de guerre lasse, mais touchée en plein cœur par des promesses d'amitié, de visites, d'aide... par la pensée qu'elle pourra reprendre ses leçons de chant et qu'elle n'ira plus en foyer, elle se rend doucement.

Rassuré maintenant, le père se lève pour faire un feu dans le foyer afin de chasser le froid qui pénètre à cause des fenêtres mal calfeutrées. Considérant que l'heure du dîner a passé, il se rend à la cuisine et en revient avec des petites choses: pain, viandes froides et quelques fruits.

Tous les deux, épuisés après tant d'efforts, ne parlent plus. Lucie mange avec avidité regardant partout autour d'elle. Pour la première fois, elle remarque le soleil qui remplit la pièce. Dans sa mémoire, elle s'efforce d'emmagasiner quantité de détails comme pour se faire des images à regarder durant cette nouvelle cure...

Chapitre VII

Quelle différence entre ce stage à Saint-Gabriel et ceux qu'elle avait subis antérieurement!

Cette étape dura six mois. Six mois qu'elle vécut avec le désir de vivre; six mois pendant lesquels les infirmières n'eurent plus à redouter, de la part de cette patiente bien connue, le feu dans sa cellule, les aiguilles plantées dans ses bras et les veines rompues aux poignets...

Chaque matin, à travers les barreaux de fer de la fenêtre de sa cellule, Lucie essayait de voir un coin de la ville, un îlot de vie semblable à celui qu'elle atteindrait. Elle distinguait à peine quelques toits, tout près, et, plus loin, de vastes champs auxquels le frimas donnait des dimensions d'infini.

Puis recommençaient les interminables jours, vides d'activité et remplis de stériles attentes. Injections, médicaments, vérification de la température, repos, sieste... toujours au rythme des mêmes heures d'un temps qui traîne, las de supporter pour la millième fois les mêmes événements.

Tour à tour, le psychiatre et le travailleur social brisaient cette monotonie par une visite surprise. Mais ces coupures du temps ne duraient que l'espace de quelques questions de routine, imposées par le respect des procédures pour tenir à jour le dossier.

Toutefois, devant l'attitude positive de Lucie, infirmières et infirmiers lui manifestaient plus d'attention que par le passé. Sourires, taquineries et mots pour rire accompagnaient leurs venues dans sa chambre et escortaient les ordres et les exigences du traitement.

Lorsque le jour, ainsi longuement étiré, finissait par sauter l'aiguille de 18 h, le temps échappait à la domination de cette uniformité paralysante. Presque tous les soirs, elle recevait de la visite. Elle devinait bien que chacun exagérait un peu pour amplifier des humeurs gaies et pour farcir la conversation d'anecdotes drôles. Mais elle comprenait que cela faisait partie de l'aide promise et elle appréciait d'autant plus ces gestes de sincère amitié.

Au début, le Père Pérignac vint seul pour des visites très courtes, à cause de l'état pénible dans lequel la tenait la rigueur des traitements. Puis, soir après soir, elle fit la connaissance de presque tous les gars et filles qui pensionnaient à *La Montée*. De tous, Bob s'avéra le plus assidu. Après quelque temps, par une sorte de concertation discrète, les autres ne vinrent que rarement. D'ailleurs, durant les longues journées, c'est pour la visite de Bob qu'elle espérait le retour des soirs. Et pour Anne aussi, dont la douceur lui faisait tant de bien.

Ces deux heures de visite, toujours trop rapidement écoulées, se remplirent alors d'une quête profonde à l'intérieur de ces trois êtres. Chacun en vint à se raconter, ouvrant tout grand les volets sur des paysages sombres et tristes, sur des scènes malheureuses, déchirantes parfois.

Quoi de plus simple que la vérité toute crue quand on a décidé de se laisser connaître, quand on a devant soi la personne capable de vous arracher du cœur l'abcès qui vous fait tant souffrir!

Ainsi, bien vite, tous les trois franchirent le pont de la sympathie et s'installèrent dans la riche contrée où fleurit l'amitié.

La situation et le courage d'Anne devinrent une source de motivation pour Lucie. De nouveau, la volonté de réaliser sa grande ambition, son retour à la maison, refit surface. Mais, elle n'en parla pas.

Ce qui importait, c'était d'abord de guérir, puis de solidifier son rétablissement en passant par *La Montée*. Ensuite, elle pourrait, comme une grande libérée, annoncer à tout le monde: «Je retourne à la maison.»

Chapitre VIII

Son état s'étant suffisamment amélioré, elle eut droit, dès décembre, à un laissez-passer lui permettant d'aller et venir. À sa première sortie, elle se rendit chez Anne qui l'avait si fortement invitée.

Avec des coupons achetés à rabais, Anne lui confectionna quelques vêtements chauds. Elle réussit même un manteau court, serré à la taille par une large ceinture de drap, dans lequel la chaleur de l'amitié l'atteignit tout autant que l'état de bien-être qu'il lui procurait.

Ce cadeau inattendu lui fit plaisir. Mais combien plus fut-elle émue par la simplicité de l'appartement d'Anne, arrangé à la taille de ses désirs. Tout y était propre, bien rangé. Aux fenêtres, des géraniums attiraient le soleil.

Dans ce décor modeste, cet enfant merveilleux inondé par la présence et l'amour de sa mère lui tira quelques larmes au coin des yeux. Anne fit semblant de ne rien voir et l'occupa à préparer le souper.

Chapitre IX

Quand vint le printemps, avec les fenêtres qui s'ouvrent timidement sur l'extérieur d'où l'on entend, le matin, le croassement des corneilles, Lucie se mit à espérer le moment de sa libération.

Ce long traitement auquel, cette fois, elle avait joint toute sa bonne volonté et son désir de guérir, avait produit les signes évidents qui permettaient de croire à son rétablissement.

Elle quitta l'hôpital et, comme on le lui avait promis, une chambre l'attendait à *La Montée*. Sa fenêtre donnait au sud. De là, elle pouvait regarder le fleuve sans frémir maintenant, sans y imaginer la seule issue capable de mettre fin à sa malheureuse vie.

Le soir, lorsqu'elle prenait le temps d'ajuster sa vue, elle distinguait vaguement, par-dessus les arbres, du côté est, la lueur rouge au faîte des piliers du pont Pierre-Laporte que sa myopie l'empêchait de voir, le jour. Rapidement, comme on se dégage de quelque chose qui nous blesse, elle retournait sur elle-même et rejoignait les autres en bas, autour de la table ou près du foyer...

Souvent, le Père Pérignac passait la soirée avec eux, discutant des problèmes de l'un, des projets d'un autre. Lucie découvrit vite que, dans ce milieu, chacun luttait avec la vie, que chacun cherchait son chemin et qu'elle ne serait pas exempte d'un tel apprentissage.

Après quelques jours, grâce à ses nouveaux amis, elle trouva un emploi dans une petite boutique à la place Laurier. Ce travail simple lui plaisait et l'occupait beaucoup. Quantité de menus objets à replacer sans cesse, les clients aux attitudes toutes différentes, la confiance qu'on lui témoignait... Bien sûr, un petit salaire motivait toute l'activité qu'elle déployait et récompensait ses heures de travail.

Pour une fois, l'enchantement la touchait comme par la magie d'une baguette aussi fragile que la durée de son pouvoir. Mais, elle était heureuse et confiante. On lui avait fait comprendre, à *La Montée*, que le monde ne lui faisait aucun privilège. C'est elle qui prenait tout simplement sa place et qui contribuait, par sa besogne, à faire marcher le monde...

Ayant droit à un après-midi de congé chaque semaine, elle se rendait au collège que fréquentait Bob. Il lui avait obtenu la permission d'occuper un studio où elle pouvait pratiquer son chant. Puis, à 16 h, la main dans la main, elle et Bob repartaient pour *La Montée*, où la soirée paisible les attendait dans une atmosphère qui lui faisait du bien.

Chapitre X

Le lundi soir, Lucie se rendait chez son professeur de chant.

Monsieur Lartigue l'aimait bien, cette fille. N'eût été son embarras pour trouver les mots sans faire appel à des événements désagréables, il lui aurait avoué combien il la trouvait plus belle, à mesure qu'elle guérissait.

Selon son habitude, il l'embrassait sur la joue, l'aidait à enlever son manteau et prenait avec elle une tisane à la menthe qu'il avait préparée lui-même.

Tout cela était prêt à 19 h, moment de son arrivée. Sur une table basse de style victorien, les deux tasses dans leurs soucoupes et la théière en faïence, avec sa décoration de minuscules fleurs bleues entourées de feuilles dorées, attendaient cérémonieusement à côté d'un petit plat d'oignons émincés, trempant dans un vinaigre très faible.

Monsieur Lartigue assis sur le divan et Lucie sur un fauteuil, face à lui, partageaient un même bonheur dans ce lieu quelque peu insolite.

Sachant bien qu'elle ne l'écoutait pas, il lui parlait quand même et profitait de sa distraction pour scruter cet étrange univers qui brillait dans ses yeux. Puis, il ne parlait plus. Il buvait sa tisane en la regardant en silence.

Cela se passait toujours ainsi. Souvent, la tasse de tisane tiédie appuyée sur ses genoux, le regard rivé à un objet enchanteur, il la tirait de sa rêverie.

— Nous faisons les gammes?... disait-il.

Il y avait de quoi exciter sa curiosité. Monsieur Lartigue vivait seul dans cette maison, héritage de ses parents. Si l'extérieur n'offrait rien de particulier, chacune des pièces, au premier plancher qu'il habitait, regorgeait de mille choses recueillies dans les vieilles maisons de nos campagnes, achetées chez les antiquaires ou rapportées de voyages dans les lointains pays.

Une très vieille harpe, décorée d'or et de couleur bleue, avec quelques cordes qui ne vibraient plus depuis des ans, se tenait debout en plein milieu d'une porte d'arche donnant accès à une ancienne salle à manger.

Chaise de style Louis XVI, armoire canadienne XVIIIe siècle, vitrine recouverte de vernis foncé, berceuse, tables, coussins, tabourets, instruments... Sur les murs? D'innombrables photos, peintures, dessins, portraits, banderoles, cadres... tous alignés dans un ordre parfait et, aussi surprenant que cela puisse paraître, sans donner l'impression d'un amoncellement hétéroclite et désordonné.

Certaines pièces acquises lors de voyages recents comme une vieille porte d'armoire, des morceaux de frise en bois sculpté, étaient appuyés contre le mur de l'étroit passage et attendaient qu'on leur assigne une place d'où elles évoqueraient un temps, un lieu, un souvenir...

Le regard de Lucie, après avoir visité tous ces mondes, s'attardait à admirer pour la centième fois les anges dorés. D'une vingtaine de pouces de hauteur, drapés dans des robes amples aux plis bien modelés, ils tenaient sur un pied et semblaient évoluer dans des allures de gracieuses ballerines célestes. Placés sur de minuscules chapiteaux, au faîte de tronçon de colonne d'un ancien rétable d'autel, ils semblaient jouer dans les airs une musique qui n'atteint pas l'oreille humaine, mais qui enivre le cœur de douces et tranquilles mélodies.

Cela recommençait à chaque leçon de chant. Elle ne posait jamais de question sur l'origine de tel ou tel objet, de ces calices argentés, de ces vaisselles, faïences et verreries... Lorsqu'un sourire ravivait soudainement ses yeux, Monsieur Lartigue pensait, qu'en son âme, elle avait reconnu dans le temps, des lieux qu'elle n'avait jamais vus et qu'elle venait d'inventer.

— Il faut venir, Lucie, répétait-il invariablement une troisième fois.

Dans l'autre pièce, près de la porte d'entrée, Monsieur Lartigue conservait un vieux piano à queue, auquel il prenait place. Il s'ajustait comme il faut sur le banc, faisait quelques mouvements avec ses bras en les allongeant vers le bas. Puis, comme il aurait fait au début d'un concert, élevant ses deux mains au-dessus du clavier, il agitait ses doigts en les regardant attentivement.

Quelques arpèges, et commençait la répétition des vocalises sur toutes les voyelles et quelques consonnes choisies pour placer la voix. Il fallait recommencer, surveiller la respiration abdominale, forcer les côtes... Et les conseils...

Très docile, Lucie appliquait toute son attention aux remarques de son professeur. Dans cette atmosphère remplie de sonorités limpides, rêvant de concert, de carrière, d'un talent qui pourrait lui assurer une raison de vivre, le maître et l'élève se rejoignaient dans un désir commun de travail et de perfection.

TROISIÈME PARTIE

Dernier Recours

Chapitre I

Dans une salle, autrefois remplie de lits pour les malades et maintenant transformée en casse-croûte, Marie et le docteur Leblanc prennent un moment de répit.

À cette heure de la nuit, l'endroit est peu fréquenté et seul le personnel de l'hôpital vient aux distributrices, à l'heure déterminée pour les pauses cafés.

Normalement, Marie et Louis pourraient profiter de ces quelques minutes pour eux-mêmes. Probablement dépasseraient-ils le quart d'heure alloué et bavarderaient-ils sur un sujet qui ne connaît pas de limites dans le temps.

Cependant, cette nuit ne ressemble pas aux nuits longues et tranquilles sur lesquelles veillent habituellement les infirmières. En acceptant de remplacer son confrère, le docteur Leblanc s'était trompé en espérant pouvoir regarder passer le temps avec sa compagne. Tous les deux n'ont cessé de répondre aux appels. Plusieurs fois, le docteur Leblanc a été demandé à l'urgence. Même le bloc opératoire a requis son aide pour une légère intervention sur un accidenté. D'un étage à l'autre, il s'est promené pour satisfaire à des demandes parfois inutiles, mais toujours importantes pour la personne qui souffre, qui s'inquiète ou qui ne peut dormir.

— Il y a longtemps que je n'ai vu une nuit aussi mouvementée, dit le docteur. Je n'ai pas arrêté une minute.

— C'est que tu n'es plus habitué au service de nuit, Louis, répond l'infirmière. '

— Bien sûr! Mais je m'étonne toujours de constater qu'autant de gens souffrent au moment où tout est si tranquille. Comment la nuit, qui s'empare de tout, n'arrive-t-elle pas à endormir l'inquiétude, la douleur, les accidents...?

— Au fait, continue Marie, que feras-tu pour la patiente du 4154?

— D'ici une demi-heure, nous serons fixés. Définitivement, je crains fort que ce cas ne requière des soins qu'on ne dispense pas ici.

— Que peux-tu faire alors? En pleine nuit? Ce n'est pas possible de la transporter ailleurs.

— C'est là le problème. Tant que je ne pourrai pas parler à un psychiatre, on refusera de la prendre à Saint-Gabriel. C'est là seulement, à mon avis, qu'on peut la traiter. Si nos soins d'urgence n'arrivent pas à la sortir de sa récurrence...

— Mais on ne peut toujours pas prendre le risque de...

— Tu sais, chérie, même avec notre médecine si avancée, il y a des maladies qu'on ne devrait se permettre qu'à des heures bien déterminées. Autrement... Il y a belle lurette que le serment d'Hippocrate ne sert qu'aux collations des grades et que notre profession s'est industrialisée.

— Ça n'a pas de sens, Louis. Dans un cas comme celui-là, il ne faut pas attendre. Si tu penses que c'est la seule solution, au diable les permissions et les fiches d'admission! Cela me révolte.

— Que pouvons-nous, ma chère?

— Et si cela tournait mal? Qu'écrirais-tu au dossier? Qui serait responsable?

— Aussi bien ne pas y penser. Croise les doigts et dis-toi que le matin va bientôt venir.

En disant cela, il fait un mouvement de la tête pour voir dehors. Il est 4 h 10 et la nuit est toute noire encore. Le matin est loin. La malade est tout près et le lieu qui devrait la recevoir demeure inaccessible. Il y a l'heure longue de l'angoisse, l'heure indiquée au dossier pour les médicaments, l'heure de l'ouverture des bureaux et celle qui ne compte plus quand la vie a cessé.

— Le docteur Leblanc est demandé au poste du quatrième. Attention! Docteur Leblanc demandé au quatrième.

Cet appel froid qui retentit à l'interphone arrête brusquement leur conversation. Leurs regards se rencontrent et la main de Marie se place sur celle de Louis. Il y a une sympathie réconfortante dans les yeux de l'infirmière; pour Lucie et pour lui aussi.

— J'y vais avec toi. Depêchons-nous, dit-elle.

Les gobelets de carton restent sur la table. Les deux chaises glissent sur le tapis. En se levant, Louis regarde sa montre de nouveau.

— Il n'est que 4 h 20.

Dans l'ascenseur, trop lent à leur goût, Marie chuchote à Louis:

— Ne t'en fais pas pour le voyage... Nous ne partirons pas ce matin.

Louis ne répond pas. Il se contente de la regarder en glissant tranquillement les mains de chaque côté de ses joues, sous ses cheveux, et l'embrasse.

Au quatrième, Anne et Bob sont de nouveau dans le corridor. Dès que la malade a recommencé à s'agiter, on leur a demandé de sortir de la chambre.

Au passage, le docteur Leblanc remarque des larmes dans les yeux de la jeune fille. Instinctivement, il serre la main de Marie qu'il tenait dans la sienne, puis la relâche pour marcher plus vite.

Prenant un peu de recul, l'infirmière s'arrête une seconde et dit à Anne:

— Ayez confiance, mademoiselle. Le docteur ne la quittera pas; moi non plus.

La porte se referme sur le médecin et l'infirmière. Ne pouvant retenir plus longtemps le flot de ses larmes, Anne se jette dans les bras de Bob et éclate en sanglots.

Tout près d'eux, le sergent Rémi les observe. Poursuivant sa ronde, il a stationné sa voiture devant la porte d'entrée de l'hôpital et courut jusqu'au quatrième pour prendre des nouvelles de la jeune fille.

L'appel au docteur Leblanc, son entrée précipitée dans la chambre 4154, les larmes de la jeune fille, l'égarement dans les yeux du jeune homme... tout cela indique au policier que l'état de la victime de ce soir se complique.

Il allonge le bras par-dessus le comptoir, sur lequel il est appuyé, il saisit un appareil téléphonique et signale un numéro.

— Auto-patrouille Sainte-Foy, bonsoir, répond la téléphoniste.

— «Voiture MR-2.» De nouveau rappelé... Cas: tentative de suicide signalée à 22 h 50. Terminé. Terminé.

La répétition du mot «terminé» constitue un code entre Diane et Rémi. Aussitôt, elle coupe l'enregistrement de l'appel et Rémi poursuit.

— Diane, je suis revenu à l'hôpital. Peut-être pourrai-je

faire quelque chose. S'il y a urgence, tu m'appelles ici, au numéro 688-9759.

— Rémi, tiens-moi au courant, veux-tu?

— Bien oui. Si je t'appelle d'ici, je dirai: «MR-2,» coin de l'Église et Laurier.

— Entendu, je couperai tout de suite. Bonne chance.

S'avançant alors vers Anne et Bob qui s'étaient assis non loin du poste, il se présente.

— Rémi Bolduc, police de Sainte-Foy. C'est moi qui ai amené la jeune fille. Vous la connaissez, je pense...

— Oui, répond Bob. C'est une amie à nous. L'hôpital a appelé Anne vers 23 h, puis Anne m'a rejoint ensuite. Vous savez ce qui est arrivé?

Malheureusement, tout ce qu'il savait se résumait à bien peu de choses: course folle au pont, difficulté à maintenir la fille, crise à son entrée à l'hôpital... En somme, rien qui pouvait calmer leur inquiétude ni leur apprendre ce qui avait poussé Lucie à cette tentative de suicide.

Tout comme eux, ce cas l'afflige profondément. Il voudrait tout savoir, pour elle et les autres, de ce qui pousse ce jeune âge à vouloir en finir ainsi avec la vie.

— Vous la connaissez depuis longtemps?

— Depuis l'automne dernier, répond Anne. Mais c'est comme si c'était depuis toujours.

Des larmes, de nouveau, remplissent ses yeux, que sa main ne cesse de chasser par des gestes rapides.

— Vous devez avoir des indices sur ce qui l'a amenée à vouloir...

Bob va répondre lorsque la porte du 4154 s'ouvre. En

silence, tous les trois observent le docteur dont le visage ne laisse entrevoir aucune amélioration chez sa patiente.

Le policier fait quelques pas et s'informe.

— Est-ce que cela va si mal?

— On ne peut la garder ici, répond le docteur. Je vais appeler l'hôpital Saint-Gabriel. J'espère qu'on va accepter de la prendre tout de suite. Mais je crains que ce ne soit pas facile.

Pressé, il se dirige vers le comptoir, saisit l'annuaire et cherche un numéro qu'il signale aussitôt.

Anne tire Bob par la manche et lui demande:

— Penses-tu qu'on devrait appeler le Père Pérignac?

— Non, pas tout de suite. Tu sais bien que ça va aller. Aie confiance.

Au bout du fil, une voix répond:

— Ici l'hôpital Saint-Gabriel.

— Bonsoir. C'est le docteur Leblanc de l'hôpital Laval. (...)

Il résume le cas: nom, âge. Il ajoute quantité de termes médicaux, décrivant probablement l'état de la patiente et l'insuffisance des traitements administrés depuis son arrivée.

Aussitôt après ce court préambule, la conversation se brouille. Les deux personnes ne s'entendent pas. Oubliant que le sommeil des malades exige, de façon capricieuse, un silence complet, le docteur élève la voix et poursuit son argumentation.

Anne, Bob et le sergent se rapprochent du médecin et essaient de comprendre ce qui se passe.

Frustré du refus qu'on lui fait, le docteur parle de «non sens», de «c'est pas possible», «ce n'est pas cela que veut dire la loi»...

— Donnez-moi le nom du psychiatre qui l'a déjà traitée, ajoute-t-il.

— ...

— Écoutez, mademoiselle. Ce n'est pas un dossier que j'ai entre les mains. C'est une personne comme vous et moi. Ne me parlez pas de dossier. Donnez-moi le nom, juste le nom, si vous ne pouvez donner le numéro de téléphone de son psychiatre.

— ...

Il raccroche le combiné en faisant du bruit. Comme épuisé après de longs efforts, il se laisse tomber sur une chaise et prend sa tête à deux mains.

— L'infirmière dit qu'elle n'a aucune autorité pour accepter un malade, explique-t-il. Elle se rappelle de Lucie, mais le dossier est classé. Pour l'hôpital, c'est un traitement terminé. Pour être admise de nouveau, elle doit se soumettre à un examen psychiatrique. Imaginez! C'est la loi...

— Il doit y avoir moyen de retracer son psychiatre et de lui expliquer... dit le sergent.

— Non, cela fait partie du dossier. C'est confidentiel...

— C'est le docteur X, répond Anne. Je sais qu'il demeure pas tellement loin de l'hôpital.

En entendant ce nom, le docteur Leblanc retrouve son animation. Il reprend l'annuaire et cherche ce nom. Son doigt suit rapidement deux ou trois colonnes, mais il ne trouve pas.

— Demandez à la téléphoniste, dit le policier.

Le docteur signale 411.

— Assistance-annuaire, bonsoir.

— Ici l'hôpital Laval, docteur Leblanc à l'appareil (...) Il faut que je rejoigne le docteur X. C'est urgent, mademoiselle.

La téléphoniste demande un instant, puis répond:

— Je regrette, mais ce numéro est confidentiel.

— Mademoiselle! Laissez-moi de côté le *confidentiel*. J'ai besoin d'aide professionnelle. Il me faut ce numéro tout de suite; c'est urgent, vous ai-je dit.

— Les ordres sont formels, monsieur. D'ailleurs, rien ne peut me prouver que vous êtes médecin vous-même. Je ne veux pas vous insulter, mais beaucoup de personnes utilisent des prétextes de ce genre pour exiger qu'on leur révèle des numéros confidentiels. Les ordres que nous avons sont formels.

Le sergent fait signe au docteur de lui passer le combiné.

— Mademoiselle, je suis le sergent Rémi Bolduc, de la police de Sainte-Foy. Mon matricule est 367. Vérifiez tout de suite au poste et rappelez ici. Croyez-moi c'est urgent.

— Même à cela, je regrette. Il n'y a qu'auprès de l'hôpital que vous pourrez vous procurer le numéro du docteur X.

Le visage tout rouge, le sergent termine cette inutile conversation et signale de nouveau au poste.

— «Voiture MR-2.» Je suis en route pour l'hôpital Saint-Gabriel. Toujours le même cas... La jeune fille du pont... Appel de 22 h 50... Terminé.

Chapitre II

Sur le boulevard de la Capitale, les phares rouges tournoient au dessus de la «voiture MR-2.» À 5 h, le jour nouveau commence à poindre. La voie est complètement libre. Dans dix minutes, ils seront à l'hôpital Saint-Gabriel.

S'il a amené Bob, c'est pour le questionner, chemin faisant. Il n'est pas certain que cette initiative personnelle soit compatible avec les habitudes et les règles qui régissent le travail des policiers effectuant la patrouille de nuit.

Que ce jeune homme soit dans sa voiture, cela peut s'expliquer en alléguant la recherche de détails permettant de compléter son rapport. Mais que la mission confiée à 22 h 50 ne soit pas encore terminée... pourrait bien l'amener à devoir s'expliquer devant le capitaine.

Pourtant, Rémi se persuade qu'il doit agir ainsi. Le capitaine, il s'en souvient, est devenu furieux à chacun des cas précédents de suicide. Chaque fois, il a suivi de près l'enquête, effectuant lui-même les interrogatoires, les recherches, voulant découvrir ce qui aurait pu éviter de telles catastrophes, ce qui pourrait mettre fin à cette effarante vague de suicides.

Pour se donner raison, Rémi se dit à lui-même:

«Celle-là n'a pas été ramassée en bas. Elle n'est pas morte. Le capitaine comprendra que notre devoir ne se limite pas à les ramasser...»

Pendant que la voiture bleue roule à grande vitesse, Bob parle le premier.

— Si vous connaissiez le passé de cette fille... Pourtant, elle avait tellement changé. Elle était guérie.

— Son passé?... Tu le connais bien? demande Rémi. Il n'y a rien qui puisse nous indiquer pourquoi elle voulait se suicider?

— Sergent, cela prendrait des jours à vous le raconter. Elle a fait des stages à Saint-Gabriel. Je ne sais pas combien de fois elle a tenté de se suicider... Elle voulait retourner chez elle. Sa mère ne veut pas la reprendre. Je n'ai jamais connu une histoire comme la sienne...

Le sergent tourne la tête à chaque phrase: stages à Saint-Gabriel, tentatives de suicide, sa mère...

Au fond, depuis deux semaines, chacun de ces cas, se répétant de façon aussi étrange, l'avait boulversé, lui et tous les officiers du poste. Branle-bas d'abord durant toute la nuit qui suivait l'événement, gros titre sur le journal le lendemain matin. Puis, suivaient les pénibles interrogatoires des parents et des amis de la victime. Tout cela pour apprendre des histoires tristes, inimaginables, pour recueillir des confidences et des regrets trop tardifs.

Mais cette fois-ci, c'est différent. Peut-être est-ce tout simplement parce que c'est lui qui a été appelé sur les lieux? Peut-être croit-il qu'en sauvant celle-là, il en arrachera beaucoup d'autres à ce funeste destin.

— Où demeurait-elle, demande-t-il. Il n'y avait aucune

indication d'adresse dans son sac à main. Un seul papier froissé et plié: une chanson de Piaf.

Bob sursaute et devient muet. Rémi comprend qu'il vient de toucher quelque chose de sensible et il s'abstient de poursuivre tout de suite. Pendant ce temps, Bob se remémore les soirs où, près du feu, Lucie écoutait la voix de Piaf...

J'ai l'air comme ça d'une fille de rien,
Mais c'est une personne très bien.
Je suis princesse d'un château,
Où tout est clair, où tout est beau.

Mais un vagabond qui est joli garçon
Me chante des chansons qui donnent leurs frissons.
Il marche le long des routes en se moquant du temps,
Il chante ou il écoute les jeunes dans le vent.

Mais cette histoire n'est pas vraie,
Ce n'est qu'un rêve qu'elle a fait.
Et quand je me suis éveillée,
Le soleil était sur l'oreiller.

Et chaque fois quand je m'endors,
Je cherche en vain mon rêve d'or.
Cette fois, je quitte mon bâton,
Pour suivre mon vrai vagabond.

C'est un vagabond qui est joli garçon.
Il chante des chansons qui donnent leurs frissons.
Et je me vois sur les routes en me moquant du temps,
Mais c'est mon cœur qui l'écoute:
Notre amour dans le vent!

— Elle demeurait avec nous à *La Montée*, depuis le mois de mars, reprend Bob.

Le sergent connaît cet endroit. Il y est déjà allé. «Bien oui, pense-t-il, tout haut. Cela fait deux ans. Je suivais une Chevelle...» Soudain, en fixant Bob...

— Bob Tremblay, c'est toi? Il me semblait que je t'avais

déjà vu. Tu demeures toujours à *La Montée*?

— Oui! Cela fait deux ans. Et c'est moi qui y ai amené Lucie, l'automne dernier.

— Connais-tu ses amis? Qui voyait-elle? Tous les détails dont tu peux te rappeler sont importants.

— Depuis qu'elle est arrivée à *La Montée*, elle est tranquille. Elle travaille dans une boutique, à la place Laurier. Une fois par semaine, elle se rend rue Sainte-Geneviève, pour ses cours de chant. La plupart du temps, elle passe ses soirées à *La Montée*.

— Tu ne connais personne qui aurait pu...?

— Non, à moins qu'elle ne soit retournée à l'*Auberge des rêves*, c'est là qu'elle allait avant. Cela me surprendrait, mais... Depuis lundi, on ne savait plus où elle était...

— Comment? Depuis lundi tu ne l'as pas revue?

— Non. Elle a quitté *La Montée*, comme d'habitude, le matin. Le soir, elle n'est pas rentrée. Mardi, elle n'est pas allée à son travail. On est libre à *La Montée*. Si, un bon jour, on décide de ne plus revenir, c'est son droit. On y demeure le temps de se replacer, puis on part...

— Mais qu'est-ce que vous avez fait depuis mardi? Avez-vous essayé de la retrouver?

— Bien sûr que oui! Chacun de son côté, on a cherché. Au collège, personne n'avait entendu parler d'elle. La gérante, à la place Laurier, ne comprenait pas pourquoi elle n'avait pas averti qu'elle ne rentrerait pas à l'ouvrage mardi matin...

Le sergent arrête son véhicule près de l'entrée de l'hôpital Saint-Gabriel. Malgré son désir de poursuivre cet interrogatoire, il veut faire vite afin d'obtenir le numéro de téléphone du docteur X. Il reprendra plus tard cette conversation.

À la porte centrale, il sonne plusieurs fois. Piétinant nerveusement sur place, regardant l'heure à sa montre, il attend qu'on lui ouvre.

En réalité, l'hôpital Saint-Gabriel est une clinique spéciali- sée plus qu'un hôpital proprement dit. Il ne faut pas s'étonner que les portes soient verrouillées et que tout un personnel de nuit ne soit pas de service à cette heure.

Bob est sorti de la voiture. Il marche tout près, à quelque deux cents pieds du sergent qui sonne toujours.

Qu'aurait-il pu ajouter qui puisse être utile au policier? Depuis lundi, en vain avait-il cherché à revoir son amie. Elle n'avait pas reparu. Pérignac ne savait pas plus que lui où elle se trouvait ni pourquoi elle était partie ainsi.

Dans la lumière faible du jour naissant, il distingue l'édifi- ce avec les barreaux d'acier aux fenêtres, tout immobile et allongeant dans le ciel sa haute silhouette, semblable à quelque forteresse médiévale avec ses tours aux oubliettes.

Il reste là, à promener son regard sur cette façade grise, muette à jamais sur tant de drames humains, sur tant de destins incompréhensibles à la logique froide.

Quand il commença à venir ici, l'automne dernier, il sta- tionnait sa Chevelle, regardait sa montre et calculait les trente minutes que durerait la visite motivée par le seul souci d'aider cette fille. Car, ce n'est qu'après quelque temps que son sentiment d'attachement pour Lucie commença à s'imposer à lui comme un printemps miraculeux.

Puis, rapidement, ces visites perdirent leur caractère obligatoire. Le calcul des soirs-à-lui et des soirs-aux-autres changea pour: «Laisse, je n'ai pas grand-chose à faire ce soir. Je vais y aller.»

En vérité, il aurait été désolé qu'on ne le laissât pas aller. Alors, franchissant la porte, il regardait l'heure et considé- rait trop court l'écart entre ce moment et celui de la fin des visites.

Que de soirs il occupa ainsi, s'obligeant à travailler tard la nuit pour terminer ses travaux de physique et de chimie, s'exposant même, parfois, à des pénalités pour avoir remis un travail au-delà du délai octroyé.

Peu lui importaient ces rigueurs. Dans sa remontée pénible où le rationnel formait les câbles qui le retenaient dans de nouveaux sentiers, cette présence amie le pénétrait et lui procurait l'élément humain qui lui avait manqué jusqu'alors. Près d'elle, il se sentait bien et il devinait que c'était pareil pour Lucie.

À mesure qu'il traçait avec elle les avenues qui la conduiraient à une existence plus heureuse, remplie des bonheurs qu'elle aurait enfin elle-même semés, il remarquait toutes ces indications afin d'emprunter lui-même ces chemins.

Dans ses yeux, le sourire réapparu avait un éclat brillant. Tout son visage s'éclairait d'une beauté nouvelle, comme un printemps où chaque brin d'herbe et chaque petite fleur remettent en fête une parcelle du sol que l'hiver avait rendu hideux.

Un soir, c'était en janvier, assisise sur le bord de son lit, elle lui avait dit:

— Je pense que je ne serais pas plus heureuse sur l'étoile où je voulais aller. Je me demande si, de là-haut, je n'aurais pas aperçu le bonheur sur cette terre et n'aurais pas regretté de ne l'avoir pas trouvé.

— Lucie, c'est incroyable comme on a besoin les uns des autres. Cela m'a pris du temps à accepter les théories que l'on discute à *La Montée*. En fait, je n'avais pas tout compris avant de te rencontrer. J'ai appris beaucoup depuis que tu es là. Crois-moi.

— Crois-tu que ma mère pourrait finir par comprendre ces choses? J'ai besoin d'elle. Il faudra, un jour, que je retourne à la maison... J'ai peur qu'elle ne veuille jamais... Si cela arrivait, je ne sais pas ce que je ferais.

— Ce n'est pas le temps de voir si loin. On ne sait jamais comment se termine un long voyage. L'important, c'est de s'y bien préparer. Pour le reste, il ne faut pas s'inquiéter. Jour après jour, on se réajuste. Chaque matin, on jure de vaincre le jour qui commence.

— Toi, retourneras-tu chez tes parents?

— Je ne sais pas. Ce matin, je me suis dit: «Ce ne sera pas aujourd'hui.»

— Pourquoi?

— Parce que je ne serais pas assez fort pour résister à un refus.

— Ta mère ne voudrait pas que tu reviennes?

— Ma mère? Je ne sais pas. C'est mon père qui... Tu sais, la dernière fois que j'ai entendu parler de lui, c'était il y a trois ans. À ce moment, je faisais *le trafic*. Chaque semaine, je devais aller à l'extérieur. Des fois, il fallait plus d'un jour pour établir le contact. Je revenais le lendemain. Un jour, le directeur de l'école appela à la maison pour demander la raison de mon absence. Tu sais ce que mon père a répondu? «Comment, mon gars est en douzième année chez vous? Je ne savais pas. Il ne demeure plus ici. N'appelez plus pour rien.» C'est le directeur qui m'a raconté cela. Il voulait me faire raisonner, m'amener à diminuer le nombre de mes absences et à envisager autrement la signification de la fréquentation scolaire.

— Mais si tu voulais retourner maintenant?

— Ce ne serait pas facile de lui faire oublier les tracas que je lui ai occasionnés. Je me dis, qu'un matin, je me déciderai. Chaque semaine, je passe dans ma rue. Une bonne fois, j'arrêterai. Mais tu vois... Cela ne doit pas briser aujourd'hui, ni demain. C'est comme cela qu'il faut vivre.

Chapitre III

Lampe à la main, un gardien est venu ouvrir la porte au sergent Rémi.

— Il n'y a pas de docteur ici, monsieur. C'est la nuit, tous les bureaux sont fermés.

— Il y a bien des gardes-malades, des infirmiers? Je veux voir quelqu'un.

— Vous savez, ce n'est pas l'habitude de laisser entrer quelqu'un la nuit.

— Je suis le sergent Bolduc, de la police de Sainte-Foy. Dépêchez-vous, conduisez-moi à une garde-malade.

Grommelant un peu, projetant bien loin devant lui la lumière de sa lanterne, le gardien grimpe deux escaliers et emprunte un corridor sombre.

Lorsqu'il arrive enfin en présence d'une infirmière, le même jeu recommence: dossiers secrets, l'hôpital ne peut donner les noms et les numéros de téléphone des médecins...

— Revenez à l'ouverture des bureaux. Il faut que vous voyiez le directeur des admissions.

Inutile de perdre plus de temps. Il n'obtiendra pas ici le renseignement voulu. Il est au bon endroit; il a réussi à pénétrer dans cette clinique réputée pour ses soins spécialisés et ses grands médecins. Tout y est normal. Les patient dorment à cette heure; le personnel de service assure avec compétence la réalisation des tâches auxquelles il est assigné. Comme toute industrie bien structurée, et c'est dans l'ordre, certains secteurs demeurent fermés. C'est le cas pour le bureau des admissions, celui des renseignements, celui des médecins.

Au nom de la démocratisation, de l'évolution, de la structuration, de l'organisation opérationnalisée et technocratisée, les patients, entrés avant 17 h, ont droit aux traitements et aux heures-pilules indiquées sur les dossiers. Pour tous les autres cas, la clinique, close par ses barreaux d'acier, se révèle inaccessible. Même la détresse, la pitié, la tragédie... le saut dans la mort ne pourraient ébranler ses serrures.

Pourquoi le sergent Rémi chercherait-il à donner du poids à son argumentation, alléguant qu'une fille a besoin des secours spécialisés de cette maison? Il ignore les termes et les clauses des conventions et règlements qui régissent l'acte professionnel légalisé.

Or, la loi, c'est la loi! La personne humaine doit parfois souffrir de ce que la science n'ait pas plus tôt artificialisé ses artères lui permettant de s'adapter au rythme des techniques modernes qui ont supplanté tant de gestes humains, même là où ils étaient irremplaçables.

Chapitre IV

La «Voiture MR-2» roule sur le pont de l'Ile. Pour Bob et le sergent, une sorte d'effort ultime pour s'accrocher au dernier espoir les tient silencieux et cripés.

Près de la sortie, le sergent Bolduc avait demandé tout bonnement au gardien:

— Vous connaissez le docteur X?

— Mais certainement, monsieur. Depuis six ans, il m'emploie comme jardinier. Je dors un peu, le matin, après mon service de nuit, et dans l'après-midi, j'entretiens sa pelouse, ses fleurs... Je vous dis qu'il a un beau parterre.

— Oui? Il faudrait que je voie cela.

— C'est facile. Il demeure à Saint-Pierre. Tout juste à côté de la ferme Couture. Une maison blanche avec un toit rouge, à gauche du chemin. Vous ne pouvez pas la manquer.

— C'est promis, j'irai voir cela. Bonjour et merci.

Quelle reconnaissance profonde il aurait voulu placer dans ce bonjour et ce merci. Depuis des heures, il s'évertuait à chercher cette indication et se butait à toutes sortes de raisons contre lesquelles il ne pouvait rien. Et voilà que, sans se douter de l'importance du service qu'il rendait, ce gardien de nuit lui apprend le lieu de résidence du docteur X.

Lorsqu'il arrive à cette maison blanche, entourée de plates-bandes fraîchement bêchées, mais qu'il n'a aucune envie d'admirer, le policier est convaincu qu'il a presque réussi et qu'il est au bout de sa peine.

Il faut bien comprendre, pense-t-il, toutes ces personnes qui ne peuvent agir qu'à l'intérieur de limites bien déterminées. Peu lui importent maintenant les autres tentatives, puisqu'il va enfin voir la personne capable d'autoriser le transfert de Lucie à l'hôpital Saint-Gabriel.

Un mouvement rapide de son bras lui fait réaliser que 6 h approchent. Une heure s'est écoulée depuis son départ de l'hôpital Laval.

— Je me demande comment cela va, là-bas, dit-il à Bob.

— Je voudrais bien le savoir, moi aussi. Pourvu que ce docteur accepte de nous aider et qu'on puisse faire vite par la suite.

— J'en ai pour une minute... Si je n'ai pas trop de difficulté à le réveiller, ce ne sera pas long.

Pieds nus dans des sandales qui traînent sur le luxueux tapis, le docteur X ouvre au sergent. Ses yeux remplis de sommeil s'agrandissent en apercevant un policier. Au nom de Lucie il se réveille tout à fait.

— Elle s'est suicidée? interroge-t-il en passant la main dans ses cheveux gris.

— Cela a passé proche, mais il faut faire vite docteur. Il ne faut pas perdre de temps.

— Entrez, dit le psychiatre.

Ils font quelques pas et le docteur lui fait signe de s'asseoir dans un des fauteuils du salon que les tentures fermées gardent encore dans l'obscurité de la nuit.

Il est déjà disposé à écouter et le sergent, en sautant bien des détails, résume une autre fois ce qui s'est passé cette nuit. Trois minutes suffisent pour cet exposé servant de préambule à l'objet de sa visite.

— L'hôpital Laval ne peut la garder plus longtemps. Le docteur Leblanc croit que seule votre clinique est en mesure de lui donner les soins appropriés. Seulement, voilà. Depuis 4 h cette nuit, nous ne réussissons pas à organiser le transfert de la malade.

— C'est bien sûr, on n'entre pas en clinique comme cela. La personne malade doit accepter cette démarche. Autrement, nous ne pourrions espérer de bons résultats des traitements que nous donnons.

— Vous avez sûrement raison dans tout cela. Je ne suis pas ici pour discuter des procédures en vigueur dans votre clinique. Dans le cas présent, la jeune fille n'est pas en condition pour remplir toutes ces formalités. Ce n'est pas pareil; c'est un cas urgent.

Le psychiatre desserre une espèce de foulard blanc qui lui entoure le cou et retombe élégamment sur sa robe de chambre. La nervosité qui point à ses yeux et le mouvement rapide de ses pieds qui se déplacent dans ses pantoufles font craindre au sergent l'inutilité de sa démarche.

Reprenant une position plus confortable, le docteur commence d'une voix un peu hésitante:

— D'abord, il ne faut pas vous énerver avec le cas de cette fille. Ses tentatives de suicide s'accompagnent toujours d'une consommation abusive de stupéfiants et de boisson. Puisqu'elle est à l'hôpital, il n'y a plus rien à craindre. Il y a là des personnes capables de veiller sur elle.

Le policier n'en peut plus. Il contrôle difficilement l'impatience qui bout derrière l'intervention qu'il fait pourtant calmement.

— Je vous en prie, docteur. Cette nuit, j'ai appris toutes sortes de choses au sujet de cette fille. Bien sûr, je ne connais pas son dossier comme vous. Mais la peine que nous avons eue à la retenir m'incite à croire qu'elle recommencera aussitôt qu'elle sera remise en liberté.

— Nous l'avons traitée plusieurs fois, vous dis-je. Sa dernière cure a été une réussite parfaite. Depuis mars dernier, elle s'est réadaptée à la vie normale. Les derniers examens qu'elle a subis démontrent que son comportement est satisfaisant. Elle a bien pu abuser une autre fois et «faire un mauvais voyage», mais cela passera, croyez-moi.

— Je vous répète que le docteur Leblanc a besoin d'aide. C'est lui qui exige qu'elle soit transportée le plus vite possible à votre clinique.

— Vous me demandez là quelque chose que je ne puis même pas autoriser moi-même, répond le docteur, avec impatience cette fois. Une clinique comme la nôtre n'est pas un hôpital muni d'un secteur pour répondre aux urgences à toute heure du jour et de la nuit. Nos méthodes de traitement reposent sur des recherches longuement éprouvées. Vous devez convenir que nous ne sommes plus au temps où l'on entrait à Saint-Gabriel qui on voulait y enfermer tout bonnement. Ce temps est révolu. Cela est bien connu, non?

— Mais, docteur, vous connaissez le cas de Lucie. Ce n'est pas une patiente inconnue pour vous. Vous pouvez l'admettre sans vous préoccuper de toutes ces conditions. Elles les a d'ailleurs toutes remplies déjà.

— Même à cela, selon nos dossiers Lucie est guérie. Si elle a recommencé (c'est seulement ce que vous supposez), il faut espérer qu'elle acceptera de nouveau, par elle-même, de suivre une autre cure, en se soumettant d'abord aux examens psychiatriques prescrits.

Le ton de la conversation a dû réveiller l'épouse du psychiatre car, tandis qu'ils parlaient, le policier a entendu des bruits dans la cuisine et le ronronnement du percolateur. Mais à quoi bon insister davantage. Agacé, déçu, décontenancé, le sergent se lève, décidé à s'en aller. Le psychiatre le suit en ajoutant comme pour le consoler:

— Croyez-moi, je regrette beaucoup. Mais nous devons procéder de cette façon pour la protection des malades. Dites au dicteur de la convaincre de venir nous voir dès qu'elle reprendra du mieux.

— Vous n'avez rien compris, docteur. Ce n'est pas le temps de lui faire des sermons. Elle est inconsciente et très agitée. Le docteur Leblanc avoue que l'hôpital ne dispose pas des moyens pour la traiter adéquatement. Et moi, je vous assure qu'elle va reprendre le chemin du pont à la première occasion.

— Je comprends votre émotion. C'est probablement la première fois que vous avez affaire à un cas de drogue.

— Première fois ou pas, huit suicides en deux semaines... Vous ne le savez peut-être pas? De toute façon, il y a un autre moyen. Je sais que la loi prévoit, qu'en cas d'urgence, un juge peut demander qu'un malade soit admis en cure fermée.

— Mon cher monsieur, répond le médecin sur un ton hautain, on ne dérange pas un juge pour n'importe quoi à n'importe quelle heure!

— Pour n'importe quoi? C'est quoi pour vous une vie?

Il est devenu fâché; le rouge marque ses joues et le bout de ses oreilles. Le psychiatre, aussi, a haussé le ton et sa voix devient teintée des feux de la colère.

— Vous ne connaissez même pas la loi. Vous vous référez à la «Loi de la protection du malade mental»? Lucie est une personne normale. On ne peut la traiter comme une personne démunie de ses facultés. D'ailleurs, même dans les cas d'urgence, l'admission d'un malade mental prévoit des examens cliniques avant qu'un juge signe quoi que ce soit.

— Je veux bien comprendre toutes les précautions de la loi, docteur. Mais devant un malade, il me semble que c'est lui qu'il faut examiner au plus vite. Et cela, avant de fouiller les textes de la loi...

Le téléphone a sonné. Madame X vient prévenir son mari que c'est lui qu'on demande. Elle s'informe auprès du sergent s'il veut prendre un tasse de café dont le percolateur, depuis quelques minutes, répand dans la maison son odeur de matin.

Chapitre V

Pendant ce temps, à l'hôpital Laval, la chambre 4154 n'a pas cessé de retenir le docteur Leblanc. Contrairement à ses espérances, l'état de Lucie n'allait pas du tout en s'améliorant; bien au contraire.

Tout à l'heure, à l'aide de serviettes humides, les infirmières ont soulagé le corps de la malade des sueurs tièdes qui l'inondaient. Puis, avec précaution, Marie a vérifié de nouveau la tension artérielle et le rythme cardiaque.

À son tour, le docteur ajuste l'appareil autour du bras de la malade et ses yeux fixent attentivement le petit cadran.

— Tu ne te trompes pas, dit-il à Marie avec un signe de mécontentement. Hypotension et tachycardie. Apporte-moi 200 mg d'embutal.

L'infirmière se hâte et revient presque aussitôt avec le médicament demandé.

Comme cramponnés à la rampe d'une passerelle en attendant la secousse de la prochaine vague, ils attendent maintenant en silence l'apparition des effets de cette dose.

Marie promène son regard entre la malade et Louis. Il lui est arrivé souvent, durant son service de nuit, d'assister à la reprise de conscience de personnes qu'une mauvaise qualité ou un abus de drogue avait perturbées ou laissées aux prises avec un inquiétant délire. De tels cas sont devenus assez fréquents pour que l'hôpital ait jugé nécessaire de préparer quelques infirmières aux techniques simples de premiers soins en pareilles circonstances.

Ainsi, lorsqu'en pleine nuit on amène à l'urgence une personne chez qui se manifeste anxiété ou panique ou agressivité, déjà l'infirmière devine qu'il s'agit probablement de marijuana, de haschish ou d'un dérivé quelconque de cannabis. Elle sait d'avance que le médecin, à l'examen, remarquera: pupilles normales, sécheresse de la bouche, conjonctivite... Mais, cette nuit, elle est désemparée et cette expérience lui est douloureuse.

Sortant brusquement de son mutisme, le docteur avertit Marie:

— Préviens le service ambulancier et fais le nécessaire pour qu'on puisse la transporter tout de suite. Je vais appeler l'hôpital Saint-Gabriel et je leur dis que j'amène une malade qui a immédiatement besoin de leurs soins.

— Vont-ils accepter de la prendre? demande Marie.

Regardant sa montre, il songe quelques secondes, puis il ajoute:

— Il est presque 7 h 30. Je vais prévenir le docteur Marois que j'accompagne la malade. À cette heure-ci, cela ne devrait pas créer de problème. Ne t'inquiète pas. Je ne peux pas croire qu'ils vont nous laisser à la porte.

— J'ai peur Louis. C'est déjà arrivé qu'un hôpital refuse un patient.

— Alors ce sera le scandale! Je ne peux plus en prendre la

responsabilité. Nous n'avons pas ici ce qu'il faut pour la traiter adéquatement. Plus encore... je me demande si on lui a donné les médicaments appropriés...

— Mais, s'ils se défendent en disant que c'est toi, un médecin, qui n'a pas eu la prudence d'assurer d'abord son admission avant de la transporter? On allèguera qu'elle recevait les soins d'urgence dans un autre hôpital...

— Il faut risquer. Je pense qu'en toute conscience je dois agir ainsi.

Chapitre VI

Il est 7 h 50. Les ambulanciers vont refermer la porte arrière de la voiture, lorsque le docteur Leblanc arrête leur mouvement.

Courant vers l'ambulance, il aperçoit Marie encore vêtue de son uniforme blanc. Le vent s'engouffre dans le manteau qu'elle a pris en toute hâte et qui tient mal sur ses épaules.

— J'ai terminé mon service. Je vais avec toi, dit-elle à Louis.

La portière se referme, l'infirmier court vers l'avant et le véhicule démarre aussitôt en décrivant un grand cercle devant l'entrée.

Anne reste seule sous le portique et suit du regard l'ambulance qui descend l'allée et tourne à gauche pour aller prendre le boulevard.

Ses yeux sont fatigués à la suite de cette nuit sans sommeil. La nervosité, l'inquiétude, le chagrin et les larmes ont ravagé son visage et rendu affreux ses longs cheveux que le vent mêle encore davantage.

Son entrée dans la lumière du jour lui fait soudain réaliser dans quel accoutrement elle est venue jusqu'ici. Dans ses pieds, les vieilles sandales, qu'elle ne chausse habituellement qu'à la maison, l'étonnent. Elle ne trouve pas le moyen de les dissimuler aux regards de toutes ces personnes qui entrent ou qui sortent à l'heure du changement de service.

Gênée et mal à l'aise, elle décide de marcher rapidement vers le chemin Sainte-Foy et d'y attendre l'autobus qui la ramènera à la maison.

Chemin faisant, le pas rapide des gens, les mots qu'ils échangent, les rires parfois, la replongent dans la réalité. En dépit de sa pénible aventure, elle réalise que la vie continue avec un autre jour ordinaire qui amoncellera des événements heureux et malheureux, des prières et des espoirs, des déceptions et des joies...

«Mon Dieu! pense-t-elle soudain. Carmen (c'est le nom de sa compagne d'appartement) s'est-elle rendu compte de mon absence? Qu'a-t-elle fait? Et le bébé?»

Piétinant sur place, elle recommence à se mordre les doigts. Elle guette avec anxiété l'autobus qui doit partir du terminus, non loin de l'arrêt où elle attend.

Tout à coup, une voiture s'arrête près d'elle. C'est l'auto-patrouille du sergent Bolduc.

Par la vitre baissée, Bob demande:

— Que s'est-il passé?

— Le docteur et la garde viennent tout juste de partir avec Lucie. Ils se rendent à Saint-Gabriel. Bob, je suis inquiète maintenant. Le bébé à la maison...

— Montez vite, dit le sergent. Je dois laisser la voiture au poste. Il est 8 h. Je prends mon auto et je vous reconduis tout de suite chez vous.

Chapitre VII

Au restaurant *Nouvelle-Orléans*, sur le boulevard Sainte-Anne, Marie et Louis, Anne et Bob, Diane et Rémi sont assis à une même table. Ils se sont rencontrés à la porte de l'hôpital Saint-Gabriel, à la fin de cette course impossible, et ils ont décidé d'aller déjeuner ensemble.

Sur leurs visages fatigués, nul ne pourrait deviner la grandeur de leur victoire ni les heures difficiles de la nuit qui vient de s'achever.

Familiers comme tout le monde avec l'ambiance tranquille des restaurants pour les repas du soir, ils n'ont cependant pas l'habitude de prendre le petit déjeuner en dehors de leur appartement et cela explique aussi leur silence.

La lumière et le soleil radieux de ce matin pénètrent à pleines fenêtres et agacent leurs yeux qui n'ont pas encore dormi. Rapides, les serveuses se croisent, remplissent les tasses de café et reviennent presque aussitôt avec les mets commandés.

Avec des airs de la maison, arrivent et s'assoient les clients réguliers qui ne commandent même pas et à qui les serveuses apportent rapidement le déjeuner, sans même qu'ils aient eu à faire des efforts pour exprimer un choix.

«Bonjour, disent-elles. Belle journée aujourd'hui! Et c'est vendredi... Espérons que cela va durer pour la fin de semaine.»

Elles souhaitent gentiment «bon appétit», donnent leur plus beau sourire et continuent leur course qui ne semble pas vouloir s'achever.

S'ils trouvent en tout cela quelque élément de curiosité, leur présence n'est pas moins l'objet d'une quelconque surprise. Leur table, en effet, présente des particularités d'un autre genre: un policier en uniforme, une infirmière tout en blanc, Anne dont la chevelure n'a encore reçu aucun soin et qui serre sur elle le vieux chandail de laine qu'elle n'a pas pensé remplacer par un manteau léger en passant chez elle.

Mais de cela, ils ne se rendent pas compte et croient plutôt qu'on les regarde au passage parce qu'ils sont étrangers à ce rendez-vous matinal.

À côté d'eux, bien installés, seuls à des tables pour quatre, des hommes prennent tranquillement un café, en lisant un journal du matin.

Ils ont maintenant terminé. La serveuse a libéré leur table et passe un linge humide. Elle demande:

— Voulez-vous encore du café?

— S'il vous plaît, répond le policier. Ça ne dérange pas qu'on s'attarde un peu, mademoiselle?

— Pas du tout. Prenez tout le temps que vous voulez. Ce sera tranquille tout l'avant-midi; le *rush* est passé.

Maintenant que Lucie est rendue et entrée à l'hôpital Saint-Gabriel, ils sentent le besoin de s'arrêter un peu. Ils n'ont plus sommeil et leurs corps sont lourds.

Marie et Louis ont remis au lendemain leur départ pour Cape Cod. Ils ont toute la journée devant eux. Et comment dormiraient-ils après l'aventure de cette longue nuit?

Anne a aussi tout son temps. À son arrivée chez elle, tout à l'heure, sa compagne a vite compris qu'il se passait des choses qui la bouleversaient et qu'elle n'avait pas encore terminé ce qu'elle avait entrepris.

— Je vais appeler au bureau et demander la permission de prendre une journée de congé. Fais ce que tu as à faire et ne t'inquiète pas pour la petite, a-t-elle dit gentiment.

Bob a acheté un journal parce qu'il y a remarqué le titre en première page. L'article commence ainsi:

«*La mystérieuse vague de suicides continue de déferler sur le Québec. Vers 23 h, hier soir, un couple circulant sur le pont Pierre-Laporte a réussi, de justesse, à arrêter une jeune fille qui s'apprêtait à exécuter le saut mortel. Ç'aurait été la neuvième victime en moins de deux semaines.*

Nous ne possédons pas de détails sur cette personne ni sur les circonstances qui la conduisaient vers ce tragique destin. Tout au plus savons-nous qu'elle avait environ vingt ans.

D'après ses sauveteurs, elle était fortement droguée. C'est avec beaucoup de difficulté qu'ils réussirent à la maîtriser en attendant l'arrivée de la police de Sainte-Foy, appelée sur les lieux par une autre personne passant sur le pont à ce moment.»

À l'intérieur de ses petites colonnes, l'article prenait un ton interrogatif vis-à-vis la répétition malheureuse de ces événements et sur les causes de ces courses à la mort dont l'âge des adeptes fait contraste avec les espoirs qui lui sont plus appropriés.

«*Doit-on blâmer la drogue? les fournisseurs? les endroits qui tolèrent ce commerce? Le tort ne réside-t-il pas plutôt du côté de la loi ou du côté de ceux qui ne réussissent pas à l'appliquer?*»

L'auteur de cet article paraphrasait en disant que même des reproches bien dirigés ne constitueraient pas l'antidote à ce malaise redoutable. «*Mais, ce qui nous inquiète, poursuivait-il, c'est que cette société si débonnaire dans la distribution de bourses de toutes sortes, dans la multiplication de ses services éducatifs, sportifs, touristiques... ne réussit pas à satisfaire tous les besoins d'évasion des jeunes.*

Très tôt, l'adolescent franchit l'étape de la castration qui le coupe de la famille, selon la chère théorie freudienne. À l'instar des anciens, n'aurions-nous pas profit à reconsidérer dans cette petite société de base, l'apport essentiel à la formation des jeunes, précocement enlevés par les grands souffles de la liberté?

Avec conviction, j'oserai affirmer qu'il faut souhaiter que la détresse des jeunes n'ait plus à répéter de telles démonstrations pour nous amener à reconsidérer certaines notions anciennes sur l'éducation familiale.

«Ces réflexions ne me sont pas habituelles et sembleront peut-être déplacées dans ce genre de chronique destinée à réveiller les lecteurs matinaux. Elles me sont venues naturellement en rédigeant ce papier. L'atmosphère de la nuit dans mon bureau de travail aura-t-elle amplifié ma sensibilité? Je ne sais pas. Pourtant, je ne cesse de penser aux détails inexplicables que j'ai entendus en cueillant la nouvelle au téléphone. Pourquoi cette fille de vingt ans, dans son désespoir et dans cette lutte pour se suicider, disait-elle: «C'est fini. Maman ne moi en finir»?

Anne et Bob se regardent. Le journal posé entre eux deux, ils ont fait la lecture de cette chronique en silence. L'un et l'autre pourraient bien répondre à ces questions que pose le journaliste. À quoi bon, maintenant.

Marie les a observés tout le temps qu'ils ont eu les yeux rivés à cette page. Elle parle peu. Tout au plus pose-t-elle quelques questions à Louis pour savoir quelle sorte de traitement on donnera à Lucie, le temps que durera cette cure.

— Je regrette une chose, dit soudainement Bob, comme en sortant de sa rêverie. J'aurais dû profiter d'une émission de ligne ouverte, à la radio, pour relancer le débat de la drogue. Je m'en veux maintenant de ne pas l'avoir fait.

— Qu'est-ce que cela aurait donné, fait Anne?

— Je ne sais pas. Cette idée m'est quand même venue, l'an dernier, quand j'ai rencontré Lucie. J'ai pensé appeler le Poste CHRC, à l'émission du matin. J'aurais raconté cette histoire dans tous ces détails. Pas pour exagérer, mais pour en démontrer l'aspect tragique. J'aurais donné les noms des endroits où coule la drogue...

— Cela n'est pas permis. On ne peut donner des noms à la radio, dit Rémi. Tu te serais exposé à des représailles.

— Peu importe, répond Bob, la colère dans la voix. On dit ce que l'on veut et puis c'est fait. Ça ne s'efface pas.

— Ne te culpabilise pas, reprend Anne. Il n'y a pas que la drogue dans le cas de Lucie. Tu sais bien que l'attitude de sa mère envers elle la révoltait.

— D'accord. Mais sans la drogue, son «courage» comme elle disait, elle n'aurait pas tenté une autre fois de se suicider.

— Sergent, dit Louis, laissez-moi vous poser une question. Comment se fait-il que les endroits de distribution sont connus, que les fournisseurs sont bien identifiés et que la police...

Avant qu'il ne termine sa question et que le policier ne réponde, Bob continue.

— Monsieur Lartigue m'a dit, qu'un soir, il a appelé la GRC. Il déplorait l'état de Lucie. C'était avant qu'elle vienne à *La Montée*. Il a nommé l'endroit où elle s'approvisionnait. Il a demandé pourquoi la police ne faisait pas une descente.

Savez-vous ce qu'on lui a répondu? «On place des agents tous les soirs dans ces cabarets. On s'en occupe...»

— Ne pensez pas que la GRC et la police ne font rien. Il y en a des centaines qui travaillent pour dépister les *gangs*. Seulement, ce n'est pas facile. Les réseaux ont tellement de ramifications qu'ils reprennent leurs activités ailleurs dès qu'on les intercepte à un endroit. De plus, ces organisations opèrent avec des méthodes dont la finesse et la subtilité déjouent longtemps les détectives les plus habiles.

— Moi, réplique Marie, je fermerais ces établissements dès qu'on s'aperçoit qu'on y trafique la drogue. Et ce serait fini. Autrement, ça ne s'arrêtera jamais.

— Ce n'est pas si simple, mademoiselle. Le permis d'opération est émis au nom du propriétaire. La loi prévoit des amendes pour la mauvaise surveillance des établissements. Mais les patrons des restaurants sont rarement sur place et ils ne sont ni les auteurs ni les instigateurs de ces désordres... Et lorsqu'ils sont dans le réseau, leur participation est bien camouflée.

— Ne pensons pas à sauver l'humanité, reprend Bob. Tout ce qu'on a à faire, c'est de s'accrocher à des trucs comme *La Montée*, quand on a la chance d'être rescapé à temps.

— Je te trouve trop pessimiste, dit Rémi. Tu ne sais pas tout ce qui se fait chaque jour, chaque soir, chaque nuit pour lutter contre toutes ces bandes. Par contre, les nouvelles ne donnent que ce qui nourrit la curiosité. Les journaux sont un peu comme les spectacles. Plus il y a d'histoires tragiques, plus cela intéresse les gens. Mais je puis t'assurer que tu serais surpris de connaître tout le travail des escouades qui opèrent dans ce secteur.

N'ayant de pensées que pour son amie, Bob répète:

— Je voudrais bien savoir, quand même, ce qui l'a incitée à retourner vers la drogue.

— Je me le demande, moi aussi, dit Anne. Le concert qu'elle préparait la rendait nerveuse et l'inquiétait beaucoup. Mais, ce n'est pas possible que ce soit l'unique raison.

— Lucie est une chanteuse? questionne Marie. Elle allait se produire en concert dites-vous?

— Elle a une très belle voix, explique Anne. Son professeur s'intéresse beaucoup à elle. En réalité, Monsieur Lartigue, qui connaît bien son histoire, contribuait beaucoup à son rétablissement. Il disait que Lucie aime tellement le chant que cela pouvait l'occuper et l'intéresser suffisamment et lui faire oublier les choses qui la font souffrir.

— Et ce concert dont vous venez de parler?

— C'était pour le mois de juin, au Palais Montcalm. Maintenant, j'ai bien peur que ce ne soit pas possible.

Le docteur Leblanc baisse les yeux, pendant qu'un mouvement confirme qu'il est inutile de penser que Lucie puisse donner ce concert.

— Je l'ai entendue un soir que je l'avais accompagnée chez Monsieur Lartigue. Elle chantait *Les trois-valses*, des extraits de *My Fair Lady* et des choses du même genre. Je suis certain qu'elle aurait eu du succès si elle était parvenue à donner ce concert.

— Si elle a du talent, pourquoi n'allait-elle pas au Conservatoire? demande Marie.

— C'est ce que son professeur lui suggérait. Elle se préparait à passer une audition. D'autre part, elle avait besoin d'argent. Elle ne pouvait envisager de longues études sans que cela lui rapporte. En septembre, elle devait reprendre ses études au collège.

— A-t-elle pris ses cours de chant la semaine dernière? demande le policier.

— J'ai appelé son professeur mercredi, répond Bob. Il

m'a dit qu'elle n'est pas retournée chez lui depuis lundi.

— N'a-t-il rien remarqué de particulier dans son comportement lors de la dernière leçon?

— ...je pense que oui. Il m'a dit qu'il avait appelé la GRC une autre fois. Vers 20 h 30, une demoiselle a sonné à l'appartement et a demandé à parler à Lucie. Sur le moment, par discrétion, il n'a pas pensé qu'il serait utile d'écouter ce qu'elles se disaient. C'est seulement lorsque Lucie lui a dit qu'elle devait partir tout de suite qu'il s'est douté que quelque chose n'allait pas.

— Sait-il le nom de cette fille?

— Non. Il a remarqué que la fille avait un uniforme blanc sous son mateau et qu'elle conduisait une Renaud 12 bleue.

— C'était peut-être une infirmière. Avait-elle des amies parmi les infirmières? demande Marie.

À cette question, Bob prend des précautions pour ne pas froisser son interlocutrice.

— Oui, mademoiselle. Elle a connu beaucoup d'infirmières durant les cures à Saint-Gabriel. Je ne veux pas vous vexer en disant cela, mais, quelques-unes d'entre elles n'ont pas été de vraies amies. Elle n'aurait jamais dû les connaître...

QUATRIÈME PARTIE

La brisure

Chapitre I

Ce début de lundi soir s'était déroulé selon le rite habituel que Monsieur Lartigue aimait bien.

Comme d'habitude, Lucie arriva à l'heure. Il l'embrassa sur la joue et la débarrassa de son manteau.

Toute gaie, elle prend le chemin du salon où la vieille berceuse l'attend, tout près de la théière dans laquelle fume la tisane de menthe. Elle s'assoit silencieusement puis, son regard suit ici et là ces objets de musée et s'élance dans le temps vers les endroits qu'elle affectionne tant.

Monsieur Lartigue, assis devant elle, de l'autre côté de la table basse, la regarde sans trop savoir quel univers elle habitera jusqu'au moment où il réussira à la tirer de la rêverie dont il ne veut pas briser les fragiles arcanes.

Il l'aime bien cette Lucie. Lorsqu'elle est près de lui, comme ce soir, ses yeux se remplissent de lumière. Il n'entend plus les bruits du dehors. Il ne ressent plus la fatigue et les peines de la journée. C'est le moment privilégié de sa semaine.

Son affection pour son élève produit alors en lui une sorte de vibration. C'est comme si les racines de son pur sentiment descendaient plus profondément dans son cœur et en forçaient les parois pour mieux s'y établir.

Buvant à petites gorgées la tisane chaude, il ne la quitte pas des yeux. Parfois, l'éclat qui y brille se voile de quelques larmes transparentes qui restent suspendues au bord des paupières. Il a pitié de cette pauvre fille et il voudrait tant que son bonheur trouve un appui, exempt des fragiles garanties du moment présent.

L'imaginant tout heureuse pendant qu'elle vit ainsi ailleurs en contemplant un des mille objets de ce musée insolite, l'émotion gonfle son cœur en pensant qu'elle trouve si difficilement le bonheur sur notre petite planète.

Il dépose sa tasse sur la table, essuie du bout du doigt le bord de ses cils mouillés et dit, comme à chaque lundi soir:

— Lucie, il faut faire les gammes...

Comme les autres soirs, il le sait bien, ce ne sera qu'au troisième appel qu'elle se libérera avec un long soupir annonçant son retour dans la réalité.

Monsieur Lartigue ne s'en fait pas car, ce soir, sans trop savoir pourquoi il obéit à quelque impulsion intérieure, il prolonge ce temps de silence et d'évasion.

Enfin, la leçon commence.

La voix de Lucie court allègrement sur les arpèges légers qui se multiplient au gré des caprices du maître au clavier. La sonorité de la voix devient si claire, si douce et si riche, lorsqu'elle débute la pratique de sa première chanson, qu'il arrête et s'adresse à son élève.

— C'est merveilleux! Tes progrès sont fantastiques. Ton médium s'affermit. Maintenant, tu auras plus de facilité dans l'aigu.

— Vous croyez vraiment cela? Comme je suis contente.

— Tu vois, il s'agit de bien travailler et de tenir. Tenir, c'est important. Tu m'entends bien? Il faut que tu croies en tes possibilités et que tu travailles. Avec cela, tu iras loin. Je te le promets.

— Vous pensez que ça va aller pour le concert? Vous êtes certain que je serai prête?

— Bien sûr. La semaine prochaine, on décidera du choix des pièces.

À peine reprennent-ils les exercices que le son grave et rond du gong de la porte les interrompt. À Monsieur Lartigue qui va ouvrir, une jeune femme demande à parler tout de suite à Lucie. Le professeur s'éloigne dans la cuisine, sorte d'atelier ou d'entrepôt, afin de permettre à Lucie de recevoir cette personne.

La rencontre est brève et, au bout de quelques minutes, Lucie, un peu troublée, vient dire à Monsieur Lartigue qu'elle doit partir tout de suite.

— Je m'excuse, tente-t-elle d'expliquer. C'est une ancienne amie qui a besoin de moi. Je dois faire quelque chose pour elle. Vous me comprenez?

Il n'a pas le temps de l'aider à mettre son manteau. Elle oublie même de présenter la joue et s'en va, comme emportée par un imprévisible vent dont on craint les ravages.

Etonné par ce départ aussi subit, il se dirige vers la fenêtre du salon d'où il remarque leur entrée dans une petite voiture bleue qui démarre aussitôt.

Chapitre II

Cette jeune dame déguise ses années perdues dans la trentaine par un épais maquillage et de longs cils rapportés. Lucie avait fait sa connaissance lors de son deuxième stage à l'hôpital Saint-Gabriel.

Déjà connue, à ce moment, pour être une patiente difficile, rébarbative à tout traitement et sujette aux exploits suicidaires, garde Rolande Lamontagne trouva moyen de la soigner sans craindre les rebuffades auxquelles s'exposaient les autres infirmières.

Contrairement à ces dernières qui n'écoutaient pas ses supplications, qui n'entendaient pas ses menaces, qui l'abandonnaient à ses infructueuses colères, garde Lamontagne se montra toute différente.

Elle passait souvent la voir, calmait ses excès de larmes ou de rage en prenant ses deux mains qu'elle gardait longtemps dans les siennes. Elle lui parlait doucement et posait sur elle un regard qui la troublait un peu et qu'elle n'arriva pas tout de suite à comprendre.

S'arrêtant à sa chambre, les soirs qu'elle était de service (et qu'elle n'avait pas beaucoup d'ouvrage, disait-elle), elle s'assoyait sur le bord de son lit et s'installait comme quelqu'un qui a tout son temps.

— Tu es belle, lui disait-elle, en passant la main sur son visage.

Puis, elle démêlait ses cheveux, débouclait le ruban qui fermait sa robe de nuit et caressait ses épaules.

Les premières fois, Lucie resta silencieuse et comme paralysée devant cette douceur inattendue. Comment aurait-elle refusé cette personne qui lui portait de l'attention, de l'affection, alors qu'on l'approchait toujours avec crainte et qu'on la traitait en gardant des distances calculées.

Un autre soir, la main de garde Lamontagne glissa tranquillement des épaules de Lucie et commença à se promener tout autour de ses seins. Approchant son visage contre le sien, elle dit tout bas:

— Ne bouge pas. Laisse-moi caresser ton corps. Il a tant souffert. Pauvre petite! Il est si beau. Il est tellement bon.

Et elle en vint à poser ses lèvres sur sa poitrine, puis sur son ventre qui se soulevait à chaque baiser qui n'effleurait plus sa peau mais mordait sa chair.

Ces séances impromptues et ces moments de volupté se répétèrent par la suite presque chaque nuit. Parfois déjà endormie, des dents mordant ses côtes la réveillaient. Comme dans un rêve, elle se sentait bien et aimait ces douceurs dont tout son être était inondé.

Au sortir de l'hôpital, ces jeux amoureux prirent d'autres dimensions dans un décor nouveau, tissé de rideaux soyeux, de tapis moelleux et de lampes aux abat-jour surplombant des personnages nus dans leurs corps de porcelaine.

Garde Lamontagne possédait une petite résidence au lac Beauport. Retirée du chemin, et bien à l'abri sous d'immenses pins, cette alcôve favorisait les jeux collectifs d'un petit groupe de lesbiennes. C'est là que Lucie trouva refuge plutôt que de retourner dans un foyer affilié. Garde Lamontagne avait habilement préparé la suggestion et assuré le psychiatre qu'elle prendrait grand soin de sa protégée.

Elle vécut là quelques semaines, mais découvrit vite que sa chair, qu'elle refusait souvent au partage des ébats nocturnes, n'était au fond qu'habilement utilisée comme appât pour attirer d'autres femmes.

Il lui fallut alors chercher un autre refuge pour fuir ce milieu par trop douillet dont les activités ne l'intéressaient pas.

Après quelques soirées passées à étirer le temps dans les cabarets, elle fit la connaissance d'un ami; il s'appelait Réjean. C'était un guitariste doué d'un certain talent de chanteur, fort apprécié des adeptes des musiques fortes.

Ce nouvel ami était aussi gérant d'un petit groupe comprenant quelques musiciens et deux ou trois danseuses à gogo. Ses affaires allaient bien grâce à quelques contrats qui lui permettaient de produire ses vedettes dans un restaurant à Québec et dans un cabaret à Rimouski.

C'est ainsi, qu'un matin, Lucie prit son petit bagage et quitta la coquette maison du lac Beauport pour suivre Réjean et son groupe. Elle s'improvisa danseuse et put ainsi partager la vie de ces personnes et s'assurer d'un gîte et d'un peu d'argent, échappant une fois encore à la liste des foyers affiliés du travailleur social qu'elle ne voulait pas revoir.

Depuis ce temps, elle n'était jamais retournée au lac Beauport et n'avait jamais revu garde Lamontagne.

Dans la voiture qui les amène, garde Lamontagne, aux prises avec un grave chagrin, raconte à Lucie que sa compagne vient de la quitter pour aller vivre avec une autre.

— Il faut que tu viennes avec moi. Je suis toute seule. Cette Pauline est une ingrate. Quand je pense à tout ce que j'ai fait pour elle depuis quatre ans. Je l'ai tant choyée... Qui aurait pu penser qu'elle me ferait cela?

Lucie devient terriblement embarrassée. Cette vie gavée de darvons et de toutes sortes de barbituriques, assoiffée de chair féminine et spécialisée dans les livres offrant les secrets de la jouissance ne lui convient pas.

D'autre part, elle se sent obligée d'aider cette ancienne amie qui l'a quand même secourue autrefois, mais elle sait d'avance qu'elle ne pourra pas se rendre à ses désirs et à ses jeux voluptueux.

Pendant que sa compagne ne tarit pas en lamentations sur son propre sort et en arguments de toutes sortes pour la garder avec elle, Lucie cherche le moyen de répondre au besoin de son amie, sans pour autant tomber sous l'emprise de ses exigences et de ses caprices.

— Tu ne dis rien, chérie. Tu ne vois pas dans quel état je suis? Tu ne te souviens pas que tu as été bien avec moi? Tu m'as oubliée, toi aussi. Pourtant, je n'aurais pas pensé que tu puisses arriver à chasser de ton esprit tous les services que je t'ai rendus.

— C'est bien cela, Rolande; j'ai changé. Pour le moment, je suis heureuse comme cela. Si je ne retombe pas, je pourrai probablement retourner chez moi.

— Je savais bien que tu me laisserais tomber, toi aussi. Tu n'as pas de cœur. Tu as tout oublié.

Trop obnubilée par son malheur, garde Lamontagne traverse le boulevard Charest sur un feu rouge. Le klaxon d'une autre voiture lui signale le danger qu'elle a encouru. Elle devient nerveuse, applique les freins sans regarder dans son rétroviseur et manque de frapper un véhicule sur sa droite.

Lucie prend peur et, pour calmer au plus vite le désespoir de Rolande, elle lui dit:

— Mais non! Ce n'est pas que je te laisse tomber. J'ai beaucoup d'ouvrage. À la boutique, nous faisons l'inventaire. Mes cours de chant me demandent des heures de pratique; je prépare un concert. C'est sérieux, je veux réussir. Pour moi, c'est très important.

— Je travaille de jour, de ce temps-ci. Ça ne t'empêchera pas d'aller à ta boutique. Et puis, je te conduirai à tes cours de chant, le soir... Je t'en prie, Lucie. Ça peut s'arranger. Viens avec moi.

— Je peux bien coucher chez toi, ce soir, mais je suis fatiguée. Il faut que je dorme.

Prête à toutes les concessions, Rolande accepte tout ce que sous-entend cette condition. Le silence se fait dans la petite voiture bleue. Le chauffeur reprend la maîtrise de son volant et Lucie, dont l'acquiescement a été donné à contrecœur, essaie de prévoir ce que deviendront ses prochains jours, loin de *La Montée*.

A peine arrivée à sa résidence, Rolande fait de la lumière dans la petite chambre, au deuxième, et tire les rideaux qui remplissent la lucarne basse. Tout est d'un luxe qui suscite l'admiration pour un goût vraiment remarquable. Mais, cette belle fenêtre habillée de fines dentelles ne lui procurera pas (elle le sent déjà) le vaste et tranquille paysage sur lequel s'ouvrait sa modeste chambre, à Cap-Rouge.

Vite débarrassée de ses vêtements et glissée dans le lit, Lucie se tourne sur le côté et prend tout de suite la position d'un corps que le sommeil a immobilisé pour la nuit.

Elle entend à deux ou trois reprises les pas de Rolande qui s'approche de sa chambre, reste silencieuse un moment et retourne lentement, sans faire de bruit. Puis, elle ne revient plus.

Il lui faut du temps avant de fermer l'œil. Dans sa tête,

elle s'inquiète pour Bob qui ne l'a pas vue revenir, ce soir. A-t-il appelé Monsieur Lartigue? Que pense-t-il de cette fuite soudaine? Aurait-elle dû le prévenir? Comment pourrait-elle le faire maintenant?

Elle voudrait se lever, aller à la fenêtre et prendre de grandes bouffées d'air frais de la montagne tout imbibée de paix et de tranquilité, mais elle ne veut pas attirer l'attention de Rolande.

Pourtant, si elle pouvait respirer l'air du dehors plutôt que les vapeurs de parfums qui embaument ses draps, cela lui permettrait de fermer les yeux et de s'imaginer couchée dans son petit lit, à *La Montée* et que rien n'est changé dans la nouvelle Lucie.

Longtemps, elle lutte ainsi avec toutes ces idées, avec l'inquiétude qu'elle devine chez Bob, avec l'évaluation de ses propres forces dont elle ignore vraiment le degré de fermeté. Tout à coup, il lui vient à l'esprit que l'événement de ce soir n'est peut-être pas le banal fruit du hasard.

«Si c'était une indication, se dit-elle, pour me faire savoir que je suis bien rétablie et que le temps est venu de retourner chez moi... Si j'arrive, demain, toute propre comme une vraie dame... Si je dis à maman que je n'ai pas pris de drogue depuis le mois d'octobre... que je suis guérie... Je lui dirai que j'ai un emploi dans une boutique à la place Laurier... que je vais chanter au Palais Montcalm...»

Sur ce beau rêve, elle s'endort, bordée d'espérance pour ce jour important et si longtemps désiré.

Comment expliquer ce désir persistant de retourner chez elle malgré la farouche opposition de sa mère. Dans cette jeune femme de vingt-deux ans, aussi curieux que cela puisse paraître, c'est comme s'il manquait irrémédiablement un gros morceau d'enfance dont la nature exigeait obstinément la récupération.

Et ce soir, en dépit des multiples refus, des démarches

inutiles jusqu'à ce jour, sa tête endormie ressemble à celle d'une enfant dont le fragile sommeil dépend de la présence maternelle qui veillera et sera encore là au réveil.

Chapitre III

Lorsqu'elle arriva à *La Montée*, le lendemain matin, elle trouva la place vide. Chacun était parti; l'un à son travail, l'autre à ses cours. Le Père Pérignac, habituellement absorbé par quelque lecture à ce moment du jour, n'occupait pas sa chaise près de la fenêtre.

Debout au milieu de la grande pièce, elle pivote sur elle-même et observe l'ombre de sa silhouette délicate qu'elle projette sur le mur. Elle s'amuse avec le soleil qui semble suivre ses mouvements gracieux comme le feraient des réflecteurs braqués sur une scène.

Une immense joie l'inonde et la rend radieuse. Elle se sent légère et libre de toute attache. Que de fois, durant ce dernier mois, n'a-t-elle pas redouté l'occasion qui la replacerait face à la drogue ou en contact avec d'anciens copains? Son expérience passée lui faisait craindre ce jour. Et voilà que ce matin, elle se félicite de l'issue heureuse de sa première épreuve et se persuade que son projet va enfin pouvoir se réaliser.

Abandonnant ses pas de danse, elle marche lentement dans cette vaste salle et s'arrête devant la table, le foyer, un fauteuil..., devant chaque souvenir qui surgit des choses comme pour venir lui souhaiter bonne chance ou lui dire un adieu rempli d'affection.

«Je reviendrai dans quelques jours, pense-t-elle. À Bob, à Pérignac, à tous les autres, je dirai merci. Je leur dirai que je suis heureuse et que je leur dois mon bonheur.»

Se pressant un peu, elle se dirige vers sa chambre. Elle place ses cheveux avec soin et s'habille de sa plus belle robe que lui a donnée Anne. Devant le miroir, elle regarde le nouveau visage de Lucie Lambert.

Toute neuve, étincelante du vrai courage retrouvé, elle quitte ainsi le toit hospitalier de *La Montée*.

Son temps est venu; elle retourne chez elle.

Chapitre IV

Au lac Beauport, s'étant hâtée après son travail, à 16 h, garde Lamontagne a préparé une exquise réception.

Tout dans la maison a été rangé dans un ordre parfait. Une musique d'ambiance remplit l'appartement. Dignes des plus chics restaurants, les ustensiles brillent à côté des deux couverts placés sur la nappe rouge et les senteurs d'un mets sauté dans une sauce au beurre à l'ail sont prêts à susciter la gourmandise. Deux bougies tardent d'animer cette atmosphère.

Ayant refait son maquillage et enfilé un déshabillé de grande classe, Rolande goûte d'avance les prévisibles douceurs de la soirée toute proche.

Il est passé 18 h et elle s'inquiète que Lucie ne soit pas encore entrée. Chaque fois qu'elle entend le bruit des freins d'un véhicule, elle court à la fenêtre et pousse les rideaux, espérant la voir enfin arriver.

Après une longue heure d'attente et d'innombrables

courses à la fenêtre, elle voit Lucie descendre de l'autobus, élégamment vêtue. Elle s'empresse d'aller à la porte pour l'accueillir.

— Qu'est-ce que tu as? Que s'est-il passé? demande Rolande, en apercevant le visage éteint et accablé de son amie.

Lucie ne répond pas. Elle se dirige vers le premier fauteuil qui se trouve sur ses pas et s'y laisse tomber, comme une personne exténuée après une dure journée. À Rolande qui multiplie les questions et lui manifeste une sincère affliction, elle ne répond toujours pas. Parfois, elle cache son visage dans ses mains, puis relève brusquement la tête en fixant droit devant elle. Rolande n'arrive pas à lui faire dire un mot.

Malgré ces tentatives quand même habiles et pleines de précautions pour lui faire oublier son chagrin, Lucie ne bouge pas de sa place et refuse de s'approcher à table. Elle ne fait aucun cas de toutes ces choses destinées à frapper son regard. Ni les flammes vacillantes des chandelles, ni l'ambiance doucereuse de la pièce n'ont la vertu de modifier son état déplorable.

À la fin, après autant d'insistance, elle se décide à parler un peu. C'est bien plus pour calmer la curiosité de son amie et pouvoir recouvrer la paix au plus vite, car elle ne veut accepter aucune consolation, aucune marque de sympathie.

En peu de mots, elle raconte qu'elle a passé la journée à attendre sa mère sans parvenir à la voir. Elle n'était pas à la maison. Les cent pas devant la demeure... Les tasses de café au restaurant du coin... Les cent pas encore et encore...

«Maintenant, je t'en prie, laisse-moi me reposer. Je suis exténuée. Demain, elle sera peut-être de retour. Cela lui arrive de partir un jour ou deux quand mon père s'embarque pour plusieurs semaines.»

Rolande est désolée. Elle insiste et Lucie accepte de prendre une bouchée avant de se retirer dans sa chambre.

De nouveau, elle s'inquiète pour ses amis de *La Montée* qu'elle a laissés sans nouvelle depuis deux jours. Elle sait que Bob a dû la chercher partout. «Pourtant, pense-t-elle, c'est à moi de tenir le coup. Ils seront tellement contents quand je leur annoncerai...»

La petite maison sous les pins demeura ainsi silencieuse et tranquille jusque vers 23 h. À ce moment, elle résonna des bruits terribles d'une bien curieuse querelle. Cela se produisit lorsque Pauline, la compagne infidèle de Rolande, entra à l'improviste.

Comment cacher la présence d'une autre personne dans la maison? Comment faire croire que cette Lucie dormait paisiblement depuis le début de la soirée pendant que Rolande lisait en écoutant de la musique?

Pauline ne veut rien entendre et elle entre dans une colère épouvantable. N'épargnant rien de ce qui tombe à la portée de sa main, elle lance le livre qu'elle arrache des mains de Rolande et commence un vrai saccage qui s'accompagne de cris et de lamentations à l'endroit de la trompeuse Rolande.

Puis, c'est un duel de questions, de suppositions, d'accusations. L'une et l'autre s'invectivent et rivalisent en tentatives pour démontrer la supériorité de leur loyauté passée.

Un moment calmée, Pauline ne tarde pas à s'enflammer de nouveau. Les explications de sa compagne ne suffisent pas. Dans une course frénétique, elle grimpe l'escalier et fait une entrée terrifiante dans la chambre où Lucie saute du lit et craint ce qui va arriver.

Dans sa crise, Pauline s'attaque d'abord au lit. Elle tire par terre le couvre-lit qu'elle se met à piétiner. Elle s'empare des oreillers, qu'elle essaie vainement de déchirer, puis lance contre le mur les objets délicats qu'elle prend sur la table de nuit. Les cris de Rolande qui l'a suivie ne l'affectent pas. Elle est sourde de rage.

Apeurée, Lucie se tient dans un coin de la chambre. Elle a ramassé ses vêtements qu'elle avait placés sur une chaise, et elle calcule ses mouvements pour se faufiler sans être attrapée par cette femme hystérique.

Garde Lamontagne, qui était redescendue, revient. Elle réussit à maîtriser Pauline qu'elle attire vers le lit et, avec dextérité, plonge l'aiguille d'une seringue dans le bras qui n'offre plus de résistance.

D'un ton perceptible seulement pour Lucie, elle murmure:

— Ne crains rien. Dans un moment, elle sera bien. Tu peux dormir en bas sans avoir peur.

Tremblante, Lucie descend en tenant dans ses mains ses vêtements qu'elle dépose soigneusement pour que sa belle robe ne soit pas froissée demain. Dans la chambre de Rolande, elle prend une couverture, dans laquelle elle s'enroule et supplie le sommeil de venir lui faire tout oublier.

Dans le calme revenu, elle redescend dans son âme pour vérifier son courage et sa confiance pour le grand geste qu'elle va accomplir demain.

Chapitre V

Très tôt, le matin suivant cette scène de ménage, l'air froid pénètre par la fenêtre entrouverte et réveille Lucie. C'est mercredi.

À l'aspect de la pièce que ses yeux revoient dans le même état que la veille, elle devine que les deux femmes dorment encore là-haut. Ramenant sur elle la couverture de laine toute chaude, elle s'accorde un moment pour accueillir ce jour.

«Il fait beau, pense-t-elle. Je suis encore moi-même. Toute sereine et pleine du vrai courage. Aujourd'hui je réussirai. Je vais me mettre belle et maman m'acceptera.»

Dans la salle de bains, l'image de son corps presque nu que lui réfléchit le grand miroir lui confirme qu'elle est jolie. Elle prend plaisir à contempler cette image. Sur son visage, les taches de déception de la veille se sont dissipées. Ses yeux un peu sombres et pas tout à fait dégagés de l'emprise de la nuit sont doux et beaux.

Cette contemplation ne peut se poursuivre plus longtemps

car le temps presse. Elle fait couler l'eau froide et en baigne ses joues. D'un mouvement instinctif, elle cherche le dentifrice dans l'armoire à pharmacie. Quelle surprise! Elle reste stupéfaite. Elle aperçoit toute une collection bien rangée sur les petites tablettes de verre: phénobarbibal, amphétamine, darvon, librium, psylocybine...

Refermant aussitôt le panneau sur cette découverte, elle s'applique à fixer son image dans la glace, comme pour se promettre qu'elle ne touchera plus jamais à ces médicaments.

Cette toilette expéditive terminée, elle branche la bouilloire et se prépare un café instantané. Tous ses déplacements sont étudiés, car elle ne veut réveiller personne. C'est un autre départ, mais elle ne ressent nullement le besoin d'entendre les explications de Rolande.

Avec autant de soin qu'elle en prendrait pour se préparer à un rituel, elle reprend sa robe neuve, la revêt et retourne devant le miroir.

Elle est prête.

L'autobus dans lequel elle monte pour aller à Québec regorge littéralement de gens qui se rendent à l'ouvrage. Chacun est seul, observe-t-elle. Chacun reprend sa vie, matin après matin. Elle interroge les visages et leur demande s'ils sont gais? S'ils reprennent avec joie le jour qui commence? S'ils craignent les difficultés qui les attendent juste au bout de ce court trajet, peut-être? Loin de lui répondre quand des yeux rencontrent les siens, quelques-uns lui laissent un sourire, mais la plupart se détournent aussitôt, comme s'ils ne l'avaient pas vue.

Mêlée à tout ce monde, elle réalise que, dorénavant, sa présence y sera tout à fait normale. Ce matin, elle voit le soleil se lever et caresser sa peau. Des forces nouvelles circulent dans tout son être et lui inspirent de la confiance. Elle sera heureuse jusqu'au soir d'une journée bien remplie et s'endormira dans l'espérance d'un autre matin ensoleillé. Chaque jour, elle pourra ainsi quitter la maison, sa maison, et se rendre à son travail avec le sourire sur les lèvres et le soleil dans les yeux.

Obligée de descendre à la gare pour une correspondance, son intuition lui commande d'appeler Anne. Elle s'approche d'une cabine téléphonique, mais elle se ravise.

«Non, se dit-elle. Ce sera encore plus merveilleux quand j'aurai réussi. J'irai la voir; j'irai les voir tous. Je leur dirai :«Merci, je suis guérie complètement. J'ai le vrai courage qui fait aimer les jours. J'ai ma chambre chez moi. Vous voyez? Je suis heureuse. C'est à cause de vous. Merci.»

Ce deuxième autobus est moins encombré, mais il lui semble plus lent. Peu importe. Lorsque la vie recommence, on a tellement de temps devant soi. Lorsqu'on a lutté si longtemps contre le mauvais destin, il ne faut pas trop exiger de l'aube qui se lève.

Chapitre VI

Mais hélas! la belle fille dans sa robe toute neuve, fraîche dans son amour renouvelé et courageuse dans ce premier matin de vie ne réussit pas à pénétrer dans le cœur vers lequel elle s'était dirigée.

Sortie de chez elle avec des yeux qui vomissaient le fond de son cœur brisé, ce fut comme la déroute après la défaite.

De nouveau dans un autobus qui la ramène au lac Beauport, des personnes lui demandent si elles peuvent l'aider. D'une voix étouffée par les sanglots qu'elle retient mal, elle répond:

— Non, merci. Ce n'est pas la peine. J'ai l'habitude. Je sais comment me guérir...

Elle fait pitié à voir. Ses mains n'arrêtent pas d'essuyer ses yeux et le bout de son nez. Ses cheveux sont défaits et même sa robe neuve n'a plus son éclat.

Cet autre refus exprimé en termes ultimes a brisé tout d'un coup les fils laborieusement tissés pour retenir ses espoirs et la maintenir dans les chemins des matins ensoleillés. Les amarres coupées, rien ne peut plus sauver le bateau parti à la dérive.

Pourquoi retournerait-elle à *La Montée*? À quoi lui serviraient l'aide de Pérignac, la douceur d'Anne et l'amour de Bob? Toutes ces mains tendues vers elles l'avaient soutenue dans ses efforts pour atteindre le seul but dont la poursuite se révèle maintenant à jamais impossible.

Doit-elle regretter de n'avoir pas parlé de son plan? Peut-être lui auraient-ils conseillé de procéder autrement. Peut-être Bob lui aurait-il dit d'attendre encore, comme il faisait lui-même. Pourtant, les circonstances de ces derniers jours lui avaient paru être un signe, comme une voix venue lui dire que son long chemin parvenait enfin à son terme.

Ici, la lente et bienfaisante thérapie de *La Montée* se dérobe. Le mal est revenu avec sa douleur insupportable. Le virus endormi se réveille et irradie dans tout son être ses effets désespérants. Toute la puissance qu'avait eue *La Montée* lui paraissait maintenant aussi faible que le roseau devant le chêne. Mais la majesté n'auréolait plus ce dernier; quant à elle, la ténacité l'avait désertée.

Devant la porte de la maison de garde Lamontagne, elle fouille dans sa bourse pour trouver une clé qu'elle a conservée. Elle pénètre doucement; elle écoute et regarde partout... Les robes de nuit jetées sur les fauteuils, les couverts sur la table et les restes de rôties dans les assiettes l'assurent que les deux femmes sont parties.

Elle court tout droit vers la salle de bains, pousse le petit panneau et s'empare d'un flacon de libriums. Versant de l'eau dans un verre, elle va porter à sa bouche quelques-unes de ces pilules, mais son visage et son geste, qu'elle aperçoit dans le miroir, l'arrêtent.

Se remémorant son serment de ce matin, alors qu'elle se tenait à cet endroit, elle fuit cette projection et revient dans l'autre pièce. Elle s'assoit dans un fauteuil et regarde ses deux mains qui tremblent déjà devant l'imprévisible reflux qui s'apprête à balayer son rivage.

N'écoutant plus la voix des promesses qui exige une si longue montée pour aboutir devant un château qui s'écroule, elle avale, une à une, hésitante, quelques-unes des pilules qu'elle tient toujours au creux de sa main.

Dans un petit carnet d'adresses, elle cherche un numéro de téléphone. Les larmes dans ses yeux lui donnent de la difficulté à signaler. La crainte de ne pas atteindre cette personne au bout du fil la fait trembler davantage.

Douze coups sonnent avant que le combiné ne soit décroché.

— Réjean? Cest Lucie. Tu en prends du temps pour répondre.

— Je dormais. Je suis rentré à 3 h. Cette semaine, on joue *Au Carrosse*.

— Écoute, Réjean, Il faut que je te voie. Restes-tu toute la journée au motel?

— Oui... mais...

— Attends-moi. Je prends l'autobus de 14 h.

Elle raccroche aussitôt, sans qu'il n'ait le temps de se réveiller vraiment, de lui demander ce qui se passe, pourquoi elle s'adresse à lui comme cela, après tout ce temps.

Lucie ne peut plus garder sur elle cette robe. C'était comme le symbole de sa réussite, le vêtement préparé long-temps à l'avance pour une importante cérémonie.

Cette robe lui fait horreur maintenant. Elle ne sert plus à rien et elle ne servira plus à rien. D'un mouvement rempli d'amertume, elle l'enlève et la lance par-dessus les robes de nuit qui traînent sur l'autre fauteuil.

Dans la garde-robe de Rolande, elle trouve un blue jeans et une chemise qui s'ajustent parfaitement à sa taille. Il ne lui en faut pas plus.

Elle regarde l'heure à sa montre et calcule qu'elle a juste le temps de retourner à la ville pour prendre l'autobus qui quitte la gare à 14 h.

Chapitre VII

«Dans quel pétrin va-t-elle tenter de m'embarquer encore?» pense Réjean, qui vient de replacer le combiné et qui demeure tout surpris par cette voix éteinte depuis plus de trois ans.

Que faire de cette fille aux idées bizarres? Pourquoi s'embarrasserait-il de buts à atteindre, de courage à ramasser, du désir de retourner vers un port chimérique?

Pour lui, une sorte de chance souffle dans ses voiles. Avec sa petite troupe, ses affaires sont florissantes. Quelques jours à Québec, chaque semaine, puis ils déménagent ensemble à Rimouski. Spectacles du jeudi au dimanche soir, et la fête remplit le temps qui reste avant de recommencer la même ritournelle.

Autrefois, il trouva moyen de se défaire du Lucie. Pourquoi reviendrait-elle? Comment l'esquiver une autre fois?

La réception de Lucie fut préparée en conséquence. Quand

elle frappa à la porte 26, du *Motel Aquilon, l'odeur du hasch* qui pénétra ses narines la figea. Déshabituée à ce style de vie, la vue de ces filles et de ces gars étendus sur les lits ou par terre produisit un choc auquel elle ne s'attendait pas. Intérieurement, ce fut comme le sentiment déplaisant que crée le rappel d'un mauvais souvenir et elle ne put s'empêcher de penser que, depuis bien des années, elle avait réellement pris le dessus et que son rétablissement était parfait cette fois.

— Veux-tu bien me dire ce qui t'amène après tant de temps? demande Réjean.

Lucie ne répond pas tout de suite. Elle reste hésitante, se demandant si c'est le dégoût qui la paralyse ou si c'est le contraste entre l'air pur qui l'a revivifiée et cette fumée qui l'entoure déjà qui l'empêche de faire le pas...

— Entre, voyons. Ne reste pas là. C'est comme d'habitude. Y'en a pour tout le monde, comme dit la chanson.

Réjean, désireux d'écarter tout ce qui pourrait nuire à son entreprise, a pris ses précautions. Ce soir, il est bien lucide même si ses copains sont *stoned*. Il n'a pas envie de ramasser cette «fille aux histoires». Ses arguments pour ne pas la reprendre sont bien classés dans son esprit et il entend lui faire comprendre que la troupe est complète et qu'il n'a pas besoin d'elle.

Si elle veut de l'argent ou du *stock*, c'est une autre affaire et il pourra l'aider. Mais, pas autre chose.

Personne ne fait de cas d'elle. Réjean libère un fauteuil des vêtements qui l'encombrent et lui offre un verre. Il insiste, mais elle refuse.

— Pas tout de suite, dit-elle sans humeur.

— Allons! Il faut fêter cette rencontre, dit-il. Je t'en prépare un et nous allons boire tranquillement. Il faut bien que tu me dises pourquoi tu es venue.

Pendant qu'il remplit les deux verres, Lucie met la main

dans son sac et vérifie si elle a toujours le petit bocal de libriums... Son regard vague poursuit l'inspection des lieux qu'elle a commencée à son arrivée.

Il y a moins d'un an, un tel décor n'aurait rien eu pour la rendre mal à l'aise. Aujourd'hui, elle n'ose pas entrer dans le jeu. Elle est surprise de cette réaction, mais la pensée de Bob, d'Anne, de Pérignac et des autres amis de *La Montée* est encore trop près dans son sillage. «Pourquoi suis-je venue jusqu'ici? se demande-t-elle.» Plutôt que d'atteindre elle-même des rivages sur lesquels elle a mis le cap, elle préférerait la tempête qui la pousserait vers une mort rapide et douce, qui ne fait pas mal et dont on ne sait pas si elle a brisé le corps.

Tranquillisée par l'effet des libriums qu'elle a avalés avant son départ et durant son voyage en autobus, elle est devenue indifférente. Le verre que lui a donné Réjean reste là, près d'elle. Elle n'y goûte même pas. Réjean ne comprend rien. Elle ne parle pas et son regard terne le trouble. Elle ne répond même pas à ses questions.

— Qu'as-tu fait depuis qu'on s'est vu? Chantes-tu encore? Comment vont les copains de l'*Auberge*...?

De plus en plus inquiet pour ses propres intérêts, car il ne veut pas s'encombrer d'elle, il pense qu'elle est fatiguée et qu'il vaut probablement mieux la laisser dormir et attendre au lendemain pour causer d'affaires.

— Je suis fatigué, lui dit-il. Si cela ne te fait rien, on va dormir et on causera demain.

Laissée seule, affaissée dans ce fauteuil confortable, enrou-lée dans son châle de laine, elle entre dans une sorte de demi-sommeil. Comme dans une sorte de rêve, les épisodes les plus tourmentés de sa vie reviennent se projeter sur l'écran de sa conscience. Rempli d'impasses, cet affreux scénario, auquel elle ne peut se dérober, la place en vedette malheureuse et incapable d'échapper à son tourbillon menaçant.

Elle ne craint plus rien. Elle est insensible à tout ce qui se passe et à tout ce qui l'atteint. Rien ne l'effraie plus; rien ne la tourmente. Les images se mêlent, les personnes se confondent, elle s'égare à chaque croisée de chemins. Qu'importe, il faut marcher, marcher longtemps, marcher toujours...

Au loin, elle distingue la lumière d'une maison. Mais, à travers l'épaisse forêt noire qu'elle traverse, la petite lumière qui brille à une lointaine fenêtre ne grossit pas. La même distance la sépare toujours de cet endroit qu'elle veut atteindre.

Derrière les gros troncs d'arbres auxquels l'obscurité donne l'aspect de géants aux bras levés, des visages hideux plissent des sourires qui ne l'effraient plus. Est-ce une fée ou une sorcière qui lui offre à boire? Peu lui importe. Elle sentira moins la douleur qui commence à brûler ses pieds meurtris...

Avant même que l'aube n'eût époussé les bords de la nuit pour faire reluire la clarté du jour naissant, elle se réveilla dans la même position à laquelle elle avait lourdement abandonné tout son corps.

Tout le monde dormait derrière les rideaux fermés et l'atmosphère de l'appartement conservait encore son odeur âcre et forte. Sans trop savoir ce qu'elle allait faire maintenant, elle se leva et quitta le motel comme mue par les petits trous d'une carte programmée, à laquelle tous ses gestes devaient obéir obligatoirement.

Elle marcha dans la ville encore déserte à cette heure en attendant l'ouverture des tabagies qui servent les petits déjeuners rapides et colportent les pires nouvelles de la nuit qui seront racontées mille fois au cours de la journée.

Elle eut froid car le soleil ne semblait plus vouloir toucher son corps, comme s'il eût désavoué le voyage qu'elle s'apprêtait à faire.

À la gare, elle prit un café et quelques libriums avant de

prendre l'autobus qui la ramena à Québec.

C'est ainsi qu'elle arriva à l'*Auberge des rêves*, ce jeudi après-midi, et que débuta toute cette tragédie: le refus d'Armand, la balade avec Michel, le souper au *Cabriolet*, la promenade sur les sentiers près du pont... et le saut manqué à cause de l'intervention de deux passants.

Voilà l'explication qu'auraient voulu savoir Bob, Anne, Rémi et le docteur Leblanc. Mais qu'auraient-ils compris de cet incompréhensible destin? Le seul grand désir qui avait motivé la reprise de ses espérances ne pouvait plus jamais revivre. Les paroles d'encouragement l'assurant d'un retour à la vie normale, chez elle, ne seraient plus désormais que mensonges, que mirages fascinants, qu'hypothèses enjolivées des retouches trompeuses de la probabilité.

La seule façon d'engourdir sa souffrance était de reprendre la voie qui fait tout oublier sur demande, qui projette l'âme dans des univers parallèles que n'atteignent pas les durs climats qui requièrent tant de précautions pour abriter les corps et les âmes.

Mais ce retour dans la barque de Réjean s'était révélé trop brusque. Après avoir goûté la chaleur et la clarté des journées ensoleillées, elle recula devant la perspective des soirées à s'épuiser sous les projecteurs brûlants dans les salles de spectacles, à la pensée de sentir toutes ces mains inconnues s'agripper à son corps...

Pourquoi aurait-elle recommencé cet itinéraire d'une ville à une autre qui ne mène nulle part? Dès son entrée dans la chambre du motel, elle sentit qu'à nouveau cette croisière ne lui apporterait que dégoût et lassitude, que même les faveurs de Réjean ne chasseraient pas de sa pensée qu'elle était venue si près du but sans l'atteindre.

Rien ne lui parrut plus simple, et plus rapide aussi, que de chercher du courage, beaucoup de courage, pour embrouiller les lignes blanches et faire le grand saut qui enjambe toute la terre d'un seul coup.

Épilogue

Après qu'ils eurent quitté le restaurant, Marie et Louis n'éprouvèrent plus le besoin d'aller dormir. Le soleil avait planté dans leurs yeux une journée belle et chaude comme celles que juillet offre aux plaisirs des vacanciers.

Ils décidèrent donc de passer à leurs appartements, de faire en vitesse leurs bagages et de prendre tout de suite la route, en direction de Cape Cod.

Pendant que la voiture roule à bonne allure, ils rêvent de longues journées à ne rien faire, de soupers tranquilles, qu'assaisonnent les bougies dans quelques petits restaurants de type britannique, et de promenades nocturnes dans ces rues remplies de boutiques qui débordent leurs marchandises sur des tréteaux montés sur les trottoirs.

Leur fuite vers le repos ne réussit pas à les couper complètement des réalités récentes et, pendant de longs moments de silence, l'un et l'autre savent très bien ce qui occupe leurs pensées. Parfois, leur conversation devient décousue et s'y glisse spontanément leur préoccupation pour cette pauvre fille, dont les jours prochains ne leur paraissent pas plus reluisants que ne l'a été la nuit précédente.

Plus loin ils vont, plus proche ils voudraient rester. Mais leur présence ne serait d'aucune utilité à présent. Maintenant que Lucie reçoit les soins spécialisés de l'hôpital Saint-Gabriel, il n'y a pas lieu de s'inquiéter. D'ailleurs, ses amis dont ils ont fait rapidement la connaissance sauront, ils le savent bien, l'entourer d'intentions et d'attentions pour faciliter son retour parmi eux.

Chez Anne, pour que le temps perde un peu de sa lourdeur, il a été décidé de faire du grand ménage. Les fenêtres ayant été larges ouvertes, les bruits de la rue couvrent les commentaires et les nouvelles que la radio continue de diffuser à chaque heure.

À sa compagne, Carmen, qui est restée à la maison pour garder la petite, elle raconte cent fois les mêmes choses, décrivant le visage tourmenté de Lucie, s'interrogeant encore sur tout ce qu'avaient d'étrange les mouvements désordonnés de son corps, les lamentations persistantes de son délire...

Carmen connaît très peu cette Lucie mais, à la vue d'un tel chagrin, elle devine à quel point cette amie lui est chère. Enfin, elle fait de son mieux pour consoler Anne, pour la convaincre qu'avec un peu de temps tout redeviendra normal et que son amie, comme on sort d'un mauvais rêve, oubliera bien vite les circonstances qui l'ont amenée sur les sentiers d'une telle aventure.

Pendant que Diane dort d'un sommeil lourd et agité parfois, Rémi est retourné au poste de police pour terminer son rapport et communiquer au capitaine tous les détails recueillis, susceptibles de servir à l'enquête.

La crainte qu'il avait d'être réprimandé pour avoir pris autant d'initiative dans cette affaire a été vaine. Bien au contraire, son supérieur trouve que les détails ramassés aideront sa démarche.

— Son nom n'apparaîtra pas, dit-il au sergent, en neuvième place sur ce triste palmarès.

De son côté, comme une âme en peine, Bob erre ici et là. Il ne tient pas en place. Il a causé beaucoup d'émoi à *La Montée* en racontant ce qui s'était passé durant la nuit.

Sans trouver une seule réponse, les questions se multiplient. Tout le monde voudrait savoir ce qui a amené cette fille à cette tentative de suicide. Chacun s'accuse même de ne pas avoir fait assez pour l'aider, pour l'encourager, pour éclairer son chemin.

Dans la grande salle, le soleil pénêtre comme aux beaux jours de Lucie. Il touche les objets dont, en son âme, elle avait emmagasiné le souvenir pour les jours difficiles et continue de danser comme s'il était le seul en ces lieux à ignorer ce qui se passe d'accablant.

Plusieurs fois, Bob a essayé de rejoindre le sergent Rémi dans l'espérance de cueillir quelque nouvelle. On lui répond toujours qu'il n'est pas au poste et qu'il ne reprendra son service qu'à 18 h.

Monsieur Lartigue est venu à *La Montée* après le téléphone de Bob. C'est la première fois qu'il y vient. Il fait figure d'une espèce de Bach, s'introduisant avec un *Prélude* qui veut adoucir des sentiments trop durs pour le cœur humain. Ses cheveux blancs, abondants, auxquels une coupe irrégulière donne l'aspect d'un personnage dont on n'a vu l'image que dans les livres d'histoires, étonnent ces jeunes assis autour de la grande table. Son nez aussi a quelque chose de caratéristique qui attirerait volontiers la fantaisie d'un caricaturiste. Mais, ses yeux répandent une douceur qui captive et parle d'infini, de bienfaisance et de paix profonde.

Il partage tellement la sympathie de ces gens qu'on le dirait un habitué de cette maison sous les pins dont l'ombre réussit toujours à atténuer ce qui est trop lourd à supporter.

On l'invite à demeurer pour le dîner et il accepte de manger à cette table le frugal repas, dont le silence rappelle les agapes d'un souper de la faim ou l'appétit disparaît en pensant à un plus démuni que soi.

Seul Bob est absent à ce moment. Il est retourné chez Anne, pensant qu'elle désirait avoir auprès d'elle quelqu'un qui puisse la réconforter et la convaincre que Lucie s'en tirera bien vite et sera de nouveau avec eux.

Toute la journée du dimanche fut alourdie par les mêmes essais infructueux pour rejoindre l'hôpital. Pas moyen de franchir les murs inexpugnables de cette forteresse dont l'ouverture forcée s'était aussitôt refermée après l'entrée de Lucie.

Incapable de se concentrer sur les examens qu'il a à préparer, Bob recommence la même errance et se retrouve chez Anne, où il passe l'après-midi.

Revenu à *La Montée*, après le souper, il emprunte la Valiant du Père Pérignac, sans trop savoir où il ira. Vaguement, il a pensé se rendre dans le Vieux Québec. Peut-être y rencontrera-t-il d'anciens copains? Peut-être apprendra-t-il d'eux ce qui s'est passé depuis lundi? Obstinément, il veut savoir ce qui a amené Lucie à quitter *La Montée*.

En faisant des suppositions qui ne reposent sur rien qui vaille, il conduit jusqu'à Québec, roule sur la rue Saint-Jean, en cherchant sur sa droite un endroit pour stationner.

Puis, il diminue sa vitesse, faisant même exprès pour être attardé aux feux rouges, afin de se donner le temps de préciser ce qu'il va faire.

Un peu avant d'arriver au carré d'Youville, il décide de rebrousser chemin. Depuis trop de temps il a abandonné ce coin et ses copains pour que ces derniers décident d'être bavards. Ce serait peine perdue. Aussi bien ne pas forcer le silence mystérieux qui entoure jalousement le chemin parcouru par Lucie durant ces derniers jours. Une voie intérieure semble lui commander de ne pas violer ce secret.

Il tourne à droite, atteint la Grande-Allée où les calèches se frayent un chemin à travers la circulation dense et très lente. Il roule jusqu'à la hauteur de Sillery où il emprunte le chemin Saint-Louis.

La soirée est calme. La ville allume ses réverbères qui illuminent de grands cercles verts dans les arbres aux branches basses. Les voitures circulent doucement, sans faire de bruit, en direction de la ville, transportant des familles en balade du dimanche et des couples d'amoureux encore dans le tourbillon de la fin de semaine.

Distraitement ou instinctivement, il tourne à gauche et s'engage sur l'étroite voie qui conduit au vieux pont de Québec. Là, il s'arrête et abandonne sa voiture sur le terrain de l'*Aquarium*.

Peu de monde profite de la tranquillité des sentiers sous les chênes. Ici et là, des groupes de jeunes causent sans qu'il entende le son de leurs voix, excepté aux moments où les rires projettent leurs éclats dans cet espace immense et déjà recueilli.

Longtemps il demeure à cet endroit, trouvant dans cette solitude une sorte d'apaisement qui lui fait du bien. Perdu dans ses pensées, envoûté par le silence des grands arbres assistant au lever de chaque étoile, ou enfin consolé par la prière de quelque âme errante laissée en ces lieux, Bob, à la fin, se rend compte qu'il est presque seul.

Content de goûter enfin cette bienfaisante accalmie, il sent le sommeil commencer à peser sur lui et il décide de retourner à *La Montée*.

Lorsqu'il démarre la voiture, il ne porte pas attention au bulletin de nouvelles qui passe sur les ondes de la radio restée branchée: «...a réussi à tromper la surveillance des infirmiers et à s'échapper...», car, au même instant, il sursaute en entendant les sirènes des autos de police.

Attiré par la curiosité, il court vers le promontoire qui donne une vue sur le boulevard Champlain, mais, les arbres poussant à même la falaise l'empêchent de voir l'endroit exact de l'accident.

Déjà une longue file de voitures arrêtées et stationnées le long du boulevard signifie la gravité de l'impact. Le bruit agaçant des sirènes a cessé son appel à la prudence et les reflets rouges des phares tournoyants accompagnent les murmures des gens en bas, qui, sans doute, se questionnent ou s'expliquent ce qui vient d'arriver.

Pour sa part, ne pouvant en voir davantage, les mains dans les poches, Bob reprend de nouveau le chemin du retour. Nullement pressé, à peine motivé par le sommeil qui l'incite à regagner son logis, il s'arrête, comme attiré par la beauté du ciel étoilé dont le language hermétique fascine, sans même qu'on en comprenne le sens précis.

Pour la première fois de sa vie, il regrette de ne rien connaître aux astres, aux contellations dont les noms puisent dans les origines du temps des significations remplies d'énigmes, même pour les chercheurs les plus assidus.

Fasciné par ce spectacle, il se dit qu'il devrait bien, tout au moins, reconnaître l'étoile polaire dont la position lui a été donnée jadis dans ses manuels scolaires. Et il se met à chercher dans tout cet amas de demeures éthérées.

Dans cette quête céleste, son regard est soudain attiré par une étoile dont le scintillement lui semble plus animé et d'une puissance telle, qu'il ne peut s'en détacher.

Amusé par cette expérience nouvelle, par ce langage venu des cieux, il demeure un bon moment à observer ce point lumineux et sent soudain dans son âme un douce paix. Il s'étonne même que cet éclat semble le pénétrer et diluer, jusqu'à les anéantir, les peines et les chagrins qui, il y a quelques heures, le faisaient tant souffrir.

Sur la route sinueuse de Cap-Rouge, il se demande encore quelle peut bien être cette étoile... Cette étoile qui a glissé en lui une paix d'une telle douceur.

Sans l'affliger, son intuition peint dans son esprit des images confuses de Lucie. Des contours lumineux l'empêchent de reconnaître le décor dans lequel elle évolue avec la légèreté et l'élégance des anges qu'elle lui avait montrée un soir qu'il était venu la chercher chez Monsieur Lartigue. Son visage lui sourit comme si elle n'était plus malade, comme si aucune souffrance ne pouvait plus l'atteindre.

Lorsqu'il arrive à *La Montée*, il aperçoit la voiture du sergent Rémi et, en un instant, tout devient clair.

Abandonnant la voiture, il n'entre pas tout de suite et, par le sentier qui conduit derrière la maison, il avance sous les pins cherchant une trouée d'où il pourra revoir l'étoile qui a essayé de lui expliquer que Lucie était partie.

Achevé d'imprimer
en novembre mil neuf cent soixante-seize
sur les presses de l'Imprimerie Gagné Ltée
Saint-Justin - Montréal.
Imprimé au Canada